AF202616

Tucholsky   Wagner   Zola   Scott   Sydow   Freud   Schlegel

Turgenev   Wallace   Fonatne

Twain   Walther von der Vogelweide   Fouqué   Friedrich II. von Preußen

Weber   Freiligrath

Fechner   Fichte   Weiße Rose   von Fallersleben   Kant   Ernst   Frey

Richthofen   Frommel

Engels   Fielding   Hölderlin

Fehrs   Faber   Flaubert   Eichendorff   Tacitus   Dumas

Eliasberg   Ebner Eschenbach

Feuerbach   Maximilian I. von Habsburg   Fock   Zweig

Ewald   Eliot   Vergil

Goethe   Elisabeth von Österreich   London

Mendelssohn   Balzac   Shakespeare

Trackl   Lichtenberg   Rathenau   Dostojewski   Ganghofer

Stevenson   Doyle   Gjellerup

Mommsen   Tolstoi   Hambruch

Thoma   Lenz   Hanrieder   Droste-Hülshoff

Dach   Verne   von Arnim   Hägele   Hauff   Humboldt

Reuter   Rousseau   Hagen   Hauptmann   Gautier

Karrillon   Garschin

Defoe   Baudelaire

Damaschke   Descartes   Hebbel

Hegel   Kussmaul   Herder

Wolfram von Eschenbach   Schopenhauer   Rilke   George

Dickens

Darwin   Grimm   Jerome

Bronner   Melville

Campe   Horváth   Aristoteles   Bebel   Proust

Bismarck   Vigny   Voltaire   Federer   Herodot

Gengenbach   Barlach   Heine

Storm   Casanova   Tersteegen   Grillparzer   Georgy

Chamberlain   Lessing   Langbein   Gilm

Brentano   Gryphius

Strachwitz   Claudius   Schiller   Lafontaine

Bellamy   Kralik   Iffland   Sokrates

Katharina II. von Rußland   Schilling

Gerstäcker   Raabe   Gibbon   Tschechow

Löns   Hesse   Hoffmann   Gogol   Wilde   Vulpius

Luther   Heym   Hofmannsthal   Klee   Hölty   Morgenstern   Gleim

Roth   Heyse   Klopstock   Kleist   Goedicke

Luxemburg   Puschkin   Homer   Mörike

La Roche   Horaz   Musil

Machiavelli   Kierkegaard   Kraft   Kraus

Navarra   Aurel   Musset   Lamprecht   Kind   Kirchhoff   Hugo   Moltke

Nestroy   Marie de France

Laotse   Ipsen   Liebknecht

Nietzsche   Nansen

Marx   Lassalle   Gorki   Klett   Ringelnatz

von Ossietzky   Leibniz

May   vom Stein   Lawrence   Irving

Petalozzi   Platon   Knigge

Sachs   Pückler   Michelangelo   Kafka

Poe   Liebermann   Kock

de Sade   Praetorius   Mistral   Zetkin   Korolenko

Der Verlag tradition aus Hamburg veröffentlicht in der Reihe **TREDITION CLASSICS** Werke aus mehr als zwei Jahrtausenden. Diese waren zu einem Großteil vergriffen oder nur noch antiquarisch erhältlich.

Symbolfigur für **TREDITION CLASSICS** ist Johannes Gutenberg (1400 — 1468), der Erfinder des Buchdrucks mit Metalllettern und der Druckerpresse.

Mit der Buchreihe **TREDITION CLASSICS** verfolgt tradition das Ziel, tausende Klassiker der Weltliteratur verschiedener Sprachen wieder als gedruckte Bücher aufzulegen – und das weltweit!

Die Buchreihe dient zur Bewahrung der Literatur und Förderung der Kultur. Sie trägt so dazu bei, dass viele tausend Werke nicht in Vergessenheit geraten.

Sagen des Preußischen Samlandes

Rudolf F. Reusch

Impressum

Autor: Rudolf F. Reusch
Umschlagkonzept: toepferschumann, Berlin

Verlag: tradition GmbH, Hamburg
ISBN: 978-3-8424-1340-5
Printed in Germany

Ziel der TREDITION CLASSICS ist es, tausende deutsch- und fremdsprachige Klassiker wieder in Buchform verfügbar zu machen. Die Werke wurden eingescannt und digitalisiert. Dadurch können etwaige Fehler nicht komplett ausgeschlossen werden. Unsere Kooperationspartner und wir von tredition versuchen, die Werke bestmöglich zu bearbeiten. Sollten Sie trotzdem einen Fehler finden, bitten wir diesen zu entschuldigen. Die Rechtschreibung der Originalausgabe wurde unverändert übernommen. Daher können sich hinsichtlich der Schreibweise Widersprüche zu der heutigen Rechtschreibung ergeben.

Text der Originalausgabe

Rudolf F. Reusch

Sagen des Preußischen Samlandes

Zweite völlig umgearbeitete Auflage
Königsberg/Pr., 1863.
Druck und Verlag der Hartung'schen Buchdruckerei.

*

An Samlands Ostseeküste.

Juni 1837.

Sei mir gegrüßt, du Land der frommen Sagen,
Des edler Stein erblinkt im Wogengang!
Im heil'gen Hain mit Flammen stieg Gesang,
Wo Preußen sich für Gott und Recht geschlagen.

Seit Adalbert das Kreuz emporgetragen:
Die Rohheit wich; zur Burg der Ritter drang
Und lichter ward's, manch schönes Werk gelang.
Zeug', Rieseneiche, von der Vorzeit Tagen!

Doch wie? – Mit Sand bedeckt wird das Gefilde?
Vom Sturm zerstiebt des Ufers schön Gebilde?
Verödet bleibt, was Schwedens Ross zertrat?

Erstehe Volk! Durch Wolken bricht die Helle –
Sei frei bis an die Meerumschäumte Schwelle! –
Und fröhlich keimt aus Gräbern junge Saat.

Dr. Friedrich Reusch.

*

Vorworte

Vorwort zur ersten Auflage.

Wenn die Meinung vorherrscht, dass unser Samland[1] arm an Sagen sei, so mag sie ihren Grund in den Schwierigkeiten finden, welche unsere Landsleute dem Forscher entgegensetzen.

Seit einer Reihe von Jahren verlebe ich gewöhnlich einige Wochen des Sommers in dem an der Ostsee gelegenen Badeorte Rauschen. Die jungen Fischer sind meine Spielkameraden gewesen und unter den Augen der alten bin ich, wie sie sich ausdrücken, groß geworden. An Vertrauen konnte es mir also dort nicht fehlen, und doch hatte ich nie eine Spur lokaler Sagen zu entdecken vermocht,

meinen Fragen ward vielmehr stets ein verlegenes Lächeln oder ein trockenes »Ich weiß nicht« zur Antwort. Wie kann auch da, dachte ich oft, Volkspoesie gepflegt und fortgepflanzt werden, wo die Kräfte der armseligen Bewohner nicht hinreichen, um sich auch nur ein leidliches Dasein zu sichern!

Im verwichenen Sommer erzählte ich indes zufällig den Fischern einige deutsche Sagen aus Grimms Sammlung. Sie hörten zuerst argwöhnisch, dann immer wohlgefälliger zu, und gaben endlich, da sie sahen, dass ich in das Reich der Geister eingeweiht war und ihm die schuldige Achtung nicht versagte, Gegenerzählungen in den Kauf. Fast bei jeder deutschen Sage fand sich ein Anknüpfungspunkt, und ich hatte Gelegenheit eine nie geahnte Beredsamkeit der Fischer zu bewundern, die aber augenblicklich erstarb, sobald ein fremder Badegast in unfern Kreis trat oder gar durch ein verächtliches Lächeln seinen Unglauben bekundete.

Diese s. g. Großvatersgeschichten werden noch jetzt für wahr gehalten, obwohl man zugibt, dass sie sich nicht mehr wiederholen. Vorzügliches Interesse hatten sie für mich schon deshalb, weil ich die Erzähler so genau kannte, und die bezüglichen Gegenden so oft durchwandert habe. Noch mehr Vergnügen machte mir ihre Vergleichung mit deutschen Sagen, ihre sichtbare Übereinstimmung,

---

[1] Der Teil Ostpreußens, welcher von der Ostsee, dem Kurischen und Frischen Haff, dem Pregel und der Deine eingeschlossen wird.

ihre eigentümliche Abweichung, und endlich glaubte ich in ihnen die Erklärung einiger sprichwörtlichen Redensarten z. B.: »Der Tod ist vor der Tür; das Leben hängt am seidenen Faden; ein Haar drin finden; wo der hintritt, wächst kein Gras u. s. w.« zu finden.

Da sie sämtlich noch unbekannt und selbst in der neuern Sammlung preußischer Sagen von Temme und v. Tettau nicht berücksichtigt sind, so habe ich sie in einfachem Hochdeutsch dem Inhalte und der Form nach getreu wiederzugeben versucht

Königsberg, Februar 1838.
F. Reusch

Vorwort zur zweiten Auflage.

Von dem literarischen Kränzchen zu Königsberg, welches 1858 zusammentrat, sind bereits die Jahrgänge des preußischen Almanachs für 1861 und 1863 herausgegeben, deren Redaktion durch eine Kommission von fünf Mitgliedern unter dem Vorsitze des Professors Dr. E. Hagen besorgt wurde. Neuerdings sind noch zwei Kommissionen zur Sammlung und Bearbeitung des ostpreußischen Volkstums ernannt, die eine unter dem Vorsitze des Prof. Dr. Nesselmann für das litauische, und die unterzeichnete für das deutsche Element.

Die letztere beginnt ihre Tätigkeit mit der vorliegenden neuen Ausgabe der samländischen Sagen und hat sich dabei an folgende Beschlüsse gehalten.

1. Ausgeschlossen bei der neuen Ausgabe bleiben diejenigen Sagen der ältern Sammlung, welche sich auf die zum Samlande gehörigen Anteile der Landratskreise Labiau und Wehlau beziehen, weil in diesen Sagen schon das litauische Element hervortritt.

2. Neu aufgenommen werden die in den preußischen Provinzialblättern, namentlich in den Jahrgängen 1846 – 1851 niedergelegten, sowie andere nach mündlicher Überlieferung mitgeteilte Sagen.

3. Nicht aufgenommen werden solche Sagen, die nicht nach dem Volksmunde aufgezeichnet sind, sondern nur aus urkundlichen Quellen zu entnehmen wären; ebensowenig diejenigen, welche zwar aus mündlicher Überlieferung stammen, aber bereits – wie in

Temme und v. Tettau Preußische Sagen – handgerecht gesammelt sind.

4. Die Sagen werden nach den Kapiteln der deutschen Mythologie von Jacob Grimm geordnet, um eine fortlaufende Beispielsammlung zu derselben zu liefern, und mit kurzen Anmerkungen versehen, vornehmlich um den Rückgang auf jenes Werk zu erleichtern.

5. Den Sagen wird eine Reihe Volkstümer, welche sich füglicher hier, als in den später zu veranstaltenden Sammlungen der preußischen Volksmärchen, des Aberglaubens und der Gebräuche, der Volkslieder und Reime unterbringen lassen, insbesondere der Volkswitz und die Tondeutung, angeschlossen.

6. Die Widmung, mit welcher der an allen provinziellen Bestrebungen rege teilnehmende Oberregierungsrat und Universitätskurator, Dr. Christian Friedrich Reusch (den 25. April 1848) die frühere Ausgabe einleitete, sowie das erste Vorwort, welches über die Entstehung der Sammlung nähern Aufschluss gibt, wird beibehalten.

7. Ein Inhaltsverzeichnis, ein vollständiges Sachregister und ein Verzeichnis; der Orte, auf welche sich die Sagen beziehen, soll beigegeben werden.

8. In dem Inhaltsverzeichnisse werden die Nummern, welche die Sagen in der ersten Ausgabe führten, weil Jacob Grimm, Müllenhof, Kuhn und Schwarz, Wolf u. s. w. darnach zitieren, eingeklammert beigesetzt.

Königsberg, Juni 1863.

Die Kommission des literarischen Kränzchens für deutsches Volkstum.

Dr. F. Reusch. O. Rosenkranz. H. Krischbiex. Ed. Hubaczek. G. Hilder.

Sagen des preußischen Samlandes

I. Wichte und Elbe

1. Der Alf.

Der Vogel Alf bringt Reichtum, doch muss man ihn anzunehmen verstehen. Gewöhnlich trifft er den Dummen und zieht wieder ab. Er sieht wie ein grauer Habicht aus. Wenn er zieht, so gleicht er einem Sterne, der einen langen feurigen Besen hinter sich schleppt. In dieser Gestalt haben ihn einst Hirten gesehen. Er ist immer mannhoch über der Erde fortgeflogen und endlich auf einer entfernten Wiese niedergefallen; aus verkehrter Angst haben sie ihm aber nicht weiter nachgespürt.

Besonders günstig ist er einer längst verstorbenen Frau S. aus Po kalkst ein gewesen und hat sie steinreich gemacht; andere sagen, die Unterirdschen hätten ihr Geld zugetragen.

2. Der Alp.

Ein ganz anderes Wesen ist der Alp oder Mahr. Er hat nicht Vogelnatur, sondern ist gewöhnlich ein altes Weib, eine Hexe. Findet man die Kammhaare der Pferde morgens zerzaust und verknotet, so hat sie nachts der Mahr geritten. Bei den Menschen verursacht er das Magendrücken, indem er sich in Gestalt einer bleiernen Nähnadel auf das Zudeck legt.

1) Es wurde einst jemanden, den der Alp alle Nacht drückte, geraten sich eine Hechel auf den Magen zu legen, der Alp kehrte die Hechel aber um und drückte sie ihm mit den Spitzen in den Leib. Besser ist's, man greift die bleierne Nähnadel, biegt sie zusammen und steckt die Spitze durch das Öhr. Morgens wird man dann die alte Hexe vor dem Bette liegen finden, ebenso in einen Ring zusammengebogen. Ihr kann nicht mehr geholfen werden.

2) Die Weiber, welche einmal Alpe sind, haben eine wahre Wut auf das Geschäft. Ein Hausherr hatte z. B. bemerkt, dass sein Dienstmädchen alle Abende zum Fenster hinausstieg und die Nacht über fortblieb. Einst, als sie wieder entschlüpfen wollte, erwischte er sie. »Ach, hat sie da geseufzt »wie wird das nun werden? Ich bin ein Alp und muss alle Nacht drücken gehn!« Der Hausherr hat sie durch Schläge zu kurieren gesucht, es wird aber wohl nichts geholfen haben.

3) Ein Schlossergeselle aus Königsberg schlief einmal nachts in der Werkstube und wurde von dem Mahr entsetzlich gedrückt. Er behielt aber so viel Besinnung, dass er noch schnell um sich griff und etwas fest packte; dies ist ein gewöhnliches Mittel gegen Alpdrücken. Er hatte in der Angst einen Strohhalm erfasst, der sich in seinem Bette fand, und ihn hielt er nun mit aller Kraft, bis der Mahr nachgelassen hatte. Darauf stand er auf und, um den Strohhalm nicht los zu lassen, zwängte er denselben in seinen Schraubstock fest. Andern Tags stand ein nacktes Frauenzimmer statt des Strohhalms da und zwar war ihr kleiner Finger in den Schraubstock geklemmt.

4) Ein anderer Handwerksgeselle wurde jede Nacht von dem Mahr gedrückt. Als er jedoch zu einem andern Meister zog, blieb er eine Zeit lang verschont. Da hörte er in einer Nacht seinen Namen »Karl!« laut rufen. Er antwortete »Ja!« und gleich darauf begann ihn der Mahr aufs Neue zu drücken. – Wäre er still gewesen, so hätte ihn der Mahr nicht gefunden. Überhaupt muss man in der Nacht erst auf den dritten Ruf antworten.

3. Der Schusterplatz.

Wo sich der Fahrweg von Rauschen nach Schönwalde mit dem Kirchenwege von Warnicken nach St. Lorenz schneidet, ist eine freie Palwe, welche der Schusterplatz genannt wird. Auf ihm ist der Spuk nichts Seltenes. In früheren Zeiten saß dort stets ein Geist und schusterte. Auch neuerlich hat eine Frau gesehen, dass er in der Mittagshitze ganz nackt auf dem Rasen lag, mit den Füßen aber auf einen Strauchzaun umzech hinausschlug. Die Frau ist vor Angst davon gelaufen, hat aber wohl gemerkt, dass es nicht recht richtig damit sei.

Eine Klasse der irischen Elfen, Klaurikans, beschäftigen sich ausschließlich mit Schustern.

4. Der Ueberall.

1) Der Wirt R. hat nach Wispen. am s. g. Alten Teiche, welcher in der Warnicker Forst liegt, gegraben, auch einst eine weiße Schlange gefunden. Durch beides wurde er so reich, dass er sich das Gut Schönwalde kaufen konnte. Er war überall und wenn er in Rau-

schen einen Schnaps zuviel getrunken hatte, so durfte er nur bis auf den Schusterplatz getragen werden, dann war er in dem Seinen, dann war er los.

Derselbe Wirth R. verkleidete sich auch einst als der liebe Gott und lehnte sich steif an einen Baum, als die Bauerfrau Sch. gerade aus dem Forst Rinde zum Färben holen wollte. Sie erschrak natürlich heftig und blieb erstarrt stehen. R. befahl ihr ein bestimmtes geistliches Lied immerfort zu singen. Sie tat dieses noch ein oder zwei Jahre und starb dann.

Dem R. war aber der Tod auch nicht weit, denn sein wütendes Pferd, welches er zu reiten pflegte, warf ihn rücklings in den Mühlteich von Rauschen hinab, wo er ertrank.

2) Auch ein früherer Besitzer des Guts Georgswalde war überall und nirgends. Denn ein Rauschner Wirth hatte sich wohl gemerkt, dass derselbe in seinem Garten stand, und lief daher schnell in den Georgswalder Forst, um eine Birke zu stehlen. Kaum aber hatte er sie gefällt, als der alte Gutsherr in seinem roten Pelze, den er gewöhnlich zu tragen Pflegte, ihm stumm vorüberging und ihn scharf ansah. Der Wirth stand erst ganz versteinert, ließ dann Birke und alles im Stich und lief waldeinwärts.

5. Die Unterirdschchen.

Die Unterirdschchen wohnen in den Bergen, unter allen Steinen und Stubben, und unter dem Herde. Jm ganzen Samlande waren sie höchst verbreitet und haben in Rauschen, Pokalkstein, Alexwangen, Finken, Lapöhnen und besonders in den Georgswalder Uferbergen ihr Wesen noch zu Großvaters Zeiten getrieben. Jetzt sind sie aber schon längst teils von selbst fortgezogen, teils vertrieben.

Sie waren den Menschen hold und segneten sie auf jede Art und Weise. Wo sie waren, gedieh alles Prachtvoll, vorzüglich die Milchwirtschaft und Pferdezucht. Waren die Pferde recht rund und stark (wie z. B. in dem früheren Hause des verstorbenen Wirts G. aus Rauschen), so hatten sicher die Unterirdschen ihre Hand im Spiele, denn sie holten das schönste Futter auf weiten Wegen her, welche die Menschen nimmer ergründen konnten.

Sie verlangten aber auch wieder Gefälligkeit und Pflege von den Menschen, und waren sehr ergrimmt, wenn ihren kleinen Bitten nicht mit der gehörigen Sorgfalt nachgekommen ward. Sie zogen dann gleich fort und die unbesonnenen Wirte kamen in ihrem Hausstande zurück oder wurden gar noch von den Unterirdschen geneckt, die sich mit übermenschlicher Stärke zu rächen verstanden.

Nichts nahmen sie unbezahlt, sondern für jeden geleisteten Schutz, für jede Freundlichkeit ward eine Gabe gereicht. Unscheinbar waren ihre Geschenke und unbedeutend, ja abschreckend; wer sie aber mit Dank annahm und aufhob, der ward reichlich belohnt, denn nach einigen Tagen war alles zu Geld und Gold geworden.

Mit den Fischern standen sie im traulichsten Verkehr und kamen oft von ihnen Fische kaufen, und ebenso stiegen auch die Fischer ohne Furcht in die unterirdischen Paläste hinab, um ihren Fang zu verkaufen. Die Pracht und den Reichtum, den Umfang und die Geräumigkeit, die Ordnung und Lieblichkeit ihrer Wohnungen mögen fromme Dienstmädchen am besten zu sehen bekommen haben. Die Unterirdschen suchten sich mit ihnen besonders gut zu stellen, weil boshaftes Gesinde sie gar leicht in ihrem Besitztum unter dem Herde beunruhigen und unreinliche Sachen in ihre Gemächer und Töpfchen werfen konnte. Welches Mädchen sie liebevoll behandelte, das ward sogar zu ihren Hochzeiten oder Kindelbier gebeten, und bekam tüchtig zu tanzen; denn was war froher als ein Fest der Unterirdschchen! Mit reichen Geschenken und guten Lehren wurden die Gäste alsdann entlassen.

So segensvoll und tugendhaft die Unterirdschen aber auch immer waren, so hatten sie doch eine Neigung, welche in Untugend ausartete und die Strandbewohner oft mit ihnen entzweite. Sie waren nämlich höchst bemüht, ihre Art (ihr Geschlecht) größer zu ziehen, und taten daher nichts lieber als Menschenkinder stehlen oder mit den ihrigen vertauschen. Glücklicher Weise gelang ihnen solcher Streich fast nie, es kam immer heraus. Ihre Kinder waren daran nämlich sehr leicht zu erkennen, dass sie alle dicke Köpfe und, obwohl noch ganz jung, das Aussehn von Greisen hatten, den Menschen jedes Wort nachspotteten und doch sehr einfältig waren.

Wenn nun die Bälge gemisshandelt wurden, so kamen die Unterirdschen und tauschten sie wieder zurück.

So viel von dem Wesen, Leben und Treiben der Unterirdschen Samlands im Allgemeinen!

6. Der Unterirdschchen Tanzplatz.

In dem früheren Rossgarten von Georgswalde, der aber schon längst aufgerissen und beackert ist, standen einst herrliche Eichen. An einer derselben wuchs nie Gras, es war vielmehr ein Kreis um sie, als hätte Jemand den Rasen rund herum recht absichtlich fortgestochen. Die Großväter haben erzählt, dass dort der Unterirdschchen Tanzplatz gewesen sei.

Auch um die große Eiche, welche früher auf den Rauschen gegenüberliegenden Bergen stand, jetzt aber niedergehauen ist, hat man die kleinen Leute oft herum tanzen gesehen.

Selbst bei Königsberg galt die große Eiche, welche auf der rechten Seite des Wegs nach dem Gute Maraunen vereinzelt stand, für einen derartigen Tanzplatz. Sie hieß deshalb die Geistereiche.

7. Das Schloss aus dem Haufen.

Ein Einwohner des Dorfes Gr. oder Kl. Kuren fuhr – es war gerade in der Neujahrsnacht – nach Germau. Als er sich dem kahlen Hausenberge näherte, sah er zu seinem nicht geringen Erstaunen ein prächtiges Schloss auf demselben stehen, das er doch noch nie bemerk hatte, so oft er jenes Wegs gereist war. Er stieg daher von seinem Wagen und den Berg hinauf. Die Pforten des Schlosses standen offen, er ging hinein und fand dort die Unterirdschen zu einem fröhlichen und schmucken Feste versammelt. Man lud ihn zum Essen, zum Trinken ein, man forderte ihn zum Tanzen auf; erschlug's nicht aus, sondern tat sich gütlich nach Behagen. Endlich aber dachte er doch wieder an sein Fuhrwerk und wollte sich empfehlen. »Ei, unbeschenkt sollst du doch nicht fortgehen!« riefen die freundlichen Wirte, »hier hast du einen ganzen Sack voll.« – Der Bauer dankte für die Güte und lud den Sack auf den Buckel und ging beglückt feiner Wege.

Als er indes den Sack auf den Wagen warf, fiel's ihm doch ein, nach dem Inhalte des Geschenks zu sehen, und ach, wie schnöde fühlte er sich verhöhnt, wie wütend fluchte er! In dem ganzen Sacke war nichts, gar nichts als ein Pferdeapfel neben dem andern. Der Sack selbst, der wohl brauchbar schien, war also das große Geschenk, und der Bauer nahm ihn mit, nachdem er die unreinliche Füllung ausgeschüttet hatte. Zu Hause angekommen fand er aber in den Ecken des Sackes, in denen noch einige Überreste des Dungs zurückgeblieben waren, blanke Goldstücke liegen, und da erkannte er die Wahrheit des alten Worts: Wer das Kleine nicht ehrt, ist des Großen nicht Werth!

Dass übrigens jedes Mal in der Neujahrsnacht aus dem Hausen sich ein stattliches Schloss erhebt, wissen viele Leute. Eine Frau aus German will indes behaupten, dass die Bewohner dieses Schlosses nicht Unterirdschen, sondern Leute sind, die halb schwarz, halb weiß aussehen.

8. Der Butzkeberg.

Zwei Hügel führen den Namen Butzkeberg und beide liegen bei Pobethen; der eine am Hohlwege, durch welchen die Straße nach Königsberg führt, ist aber besonders unheimlich und spukhaft.

Zu Großvaters Zeiten ging einst ein Bauer, der schon sein Glas im Kopf hatte, jenen Weg, als er lustige Musik hörte und sah, dass eine Menge Volks auf dem Butzkeberge tanzte und jubelte. Die fröhlichen Leute riefen ihm hinaufzukommen; auch er war fröhlich, er sah, wie so herrlich es oben zuging, und ließ sich nicht nötigen. Kaum war er oben, so übersiel ihn die ganze Gesellschaft und stopfte ihm alle Taschen voll Lindenblätter. Er, ärgerlich, riss sie heraus, jene stopften ihm neue ein, er riss sie wieder heraus, und so ging es lange Zeit, bis ihn die Unbekannten endlich in Ruhe ließen. Nun fing er an zu essen und zu trinken, zu tanzen und zu jubeln, dass er nichts besseres wünschen mochte, aber die Stunden waren bald vorbei, alles verschwand. Er sah sich nach diesem, er sah sich nach jenem um, alles fort. Der verblüffte Bauer stand ganz allein auf dem Grünen, ohne Musik, ohne Glas, ohne Tänzerin. Er ging nach Hause und schlief seinen Rausch aus.

Andern Tags besann er sich, dass ihm das Volk doch Lindenblätter eingestopft hatte, und wie er seiner Mutter die ganze Fröhlichkeit erzählte, suchte er in den Taschen herum. Ei, was klingerte und klapperte es drinnen; alles Gold, helle Dukaten! Da ärgerte er sich natürlich, dass er nicht alle Lindenblätter, die nur auf dem Butzkeberg waren, eingesteckt hätte, auch ging ihm ein lieblicher Nachschmack durch den Mund, wenn er an die herrlichen Speisen und Getränke dachte, die ihm geboten waren, und er sagte zu seiner Mutter: »So will ich doch heute einmal zum Frühstück hingehn.« Er fand aber nichts als den Butzkeberg, und so oft er auch später versuchte, immer nur den Butzkeberg und wieder den leeren Butzkeberg.

9. Die Unterirdschchen kaufen Fische.

Der Großvater des bejahrten Schiffer L. aus Rauschen ging einst mit andern Fischern auf Zehrtenfang zur See. Ihre Mühe war aber diesmal vergebens, sie fingen nur etwa zwei oder drei. Betrübt und hungrig machten sie sich bei (Klein oder Groß) Kuren am Strande ein Feuer, um die geringe Ausbeute zugleich zu braten und zu verzehren. Da traten zwei Unterirdschen zu ihnen und wollten Fische kaufen, denn sie hatten Kindelbier und brauchten solche höchst notwendig. Als sie erfuhren, dass heute der Fang nicht glücke, baten sie, doch nur noch einmal die Netze auszuwerfen, sicher werde ^es ein reicher Zug sein, und baten so lange und dringend, bis die mutlosen Fischer sich noch einmal an die Arbeit machten. Siehe, da zogen sie die Netze ganz mit Fischen angefüllt heraus.

Höchlich erfreut boten sie den Unterirdschen den ganzen Fang zum Aussuchen an. Diese packten sich etwa ein halb Scheffel auf und hießen die Fischer folgen und ihre Säcke mitnehmen. Sie gingen unter einen Stein und unter einen Stubben und sackten ihnen tüchtig ein, aber lauter Pferdemist. Die Fischer, welche nichts davon ahnten, bedankten sich gar sehr, aber gerieten in Wut, als sie wieder bei ihrem Feuer angelangt, die Bescherung fanden. Sie fluchten den schlechten Zahlern und leerten die Säcke am Strande aus. Andern Tags stand die Sache aber ganz anders, denn aller Mist, der noch in den Säcken sitzen geblieben, war pures Gold geworden.

Hui, wie rannten die Fischer, dass ihnen der Kopf brannte, an die Feuerstätte, um den übrigen Mist zu holen, die Unterirdschen hatten aber schon alles wieder bei Seite gebracht.

10. Der Unterirdschchen Schmengelöffel.

Den einstigen Müller H. in Finken machten die Unterirdschen wohlhabend. Seine Frau hatte immer den schönsten Schmand (Sahne), die beste Milch in Menge. Sobald gemelkt war, schmengten die Unterirdschen mit ihren silbernen Löffelchen die Morgenmilch ab, aber nie war's zu merken, dass sie etwas genommen hatten, sondern immer noch mehr geworden.

Einmal bekamen sie – doch wohl von ihrer Familie – Order zum Abzug und mussten so schnell fort, dass sie einen selten schönen und sehr großen silbernen Schmengelöffel in der Milch vergaßen.

11. Henderjettke is all doot!

Die Frau eines Gutsbesitzers bemerkte, dass ihre Vorräte an eingemachten Sachen von Tage zu Tage kleiner wurden, obwohl sie selbst dieselben gar nicht benutzte und Niemand außer ihr in den wohlverschlossenen Keller gelangen konnte. Trotz aller Wachsamkeit kam sie dem Entwender nicht auf die Spur, bis sie eines Tages, als sie in den Keller trat, ein kleines Männchen fand, welches eben im Begriffe war, von ihrem Eingemachten zu nehmen. Der Kleine ging sogleich auf sie zu und bat sie um Verzeihung, dass er sie beraube. »Ein Mitglied unserer Familie,« sagte er, »ist gefährlich krank und bedarf zu seiner Erfrischung hin und wieder der eingemachten Früchte. Deshalb habe ich sie genommen und wir werden nicht unterlassen, den Verlust auf das Reichlichste zu ersetzen.« Er lud sie ein, ihn zu der Kranken zu begleiten. Das lehnte sie aber ab, erlaubte ihm indessen, Eingemachtes zu nehmen. Während sie noch sprachen, erscholl plötzlich aus einer Ecke eine feine Stimme: Lat man stahne, lat man stahne, Henderjettke is all doot! Der Kleine war sogleich verschwunden; die Hausfrau aber hatte Gedeihen bei allem, was sie unternahm.

12. Die Unterirdschchen und Küchenmägde.

Jm Kirchspiel H. Kreuz diente einst ein frommes Mädchen als Köchin. Diese ward von den Unterirdschen demütig gebeten, doch ja nicht Wasser auf dem Herde umzugießen oder gar Spülig und kochend Wasser unter den Herd. Wenn sie folge – setzten die Kleinen hinzu – könne sie zur Belohnung das behalten, was sie jeden Morgen in ihrer Lade finden werde. Die Magd versprach's und hielt Wort. Gleich, des andern Morgens, als sie die Lade öffnete, fand sie obenauf eine kleine Kohle liegen. Sie lachte zwar über das närrische Geschenk, weil die Kohle aber gerade sehr schön und blank war, behielt sie sie im Kasten. Am folgenden Tage war die alte Kohle zu hartem Gelde geworden, und es lag wieder eine neue dabei. Das kluge Mädchen sprach nichts darüber, tat den Unterirdschen alles Gute und sammelte sich auf diese Art viel Geld, bis sie fortzog.

Die Unterirdschchen baten und boten der neuen Magd dasselbe. Das störrische Ding antwortete ihnen aber: »Ich werde euch allen die Köpfe umdrehen!« und goss recht absichtlich Spülwasser unter den Herd, um sie zu ärgern. Sie bekam aber auch keine Geschenke, vielmehr müssen die Unterirdschen bald abgezogen sein.

13. Ein Haar drin finden.

Bei dem frühern Krüger H. in Alerwan'gen, der schon sehr lange tot ist, hatten sich die Unterirdschen angewöhnt, ihre Töpfchen auf den Herd zu stellen und an seinem Feuer zu kochen. Die Knechte und Mägde machten sich aber den Spaß, ausgekämmte Haare ins Feuer zu werfen, und da der alte H. sehr viel Gesinde hielt, so konnten die Unterirdschen keinen Bissen hinunterschlucken, ohne ein Haar drin zu finden. Sie beschwerten sich bei ihm oft ob dieser Ungezogenheit und baten sie abzustellen, jedoch vergeblich. Endlich zogen sie ab, banden aber noch vorher die beiden besten Pferde des Krügers mit den Schweifen zusammen und hängten sie über einen Balken im Stalle so auf, dass von jeder Seite eines baumelte. Der Krüger mag ein gutes Erwachen gehabt haben!

14. Am seidenen Faden hängen.

Der Wirt K. aus Pobethen hat oft erzählt, dass eine Magd (vermutlich aus Eulenkrug, denn dort wohnte er früher) zu Unfälle gekommen und an der Zeit war. Da ward sie noch mit einer andern Magd auf das Feld graben geschickt. Als sie ihre Spaten anschien, sprang vor ihnen eine abscheuliche Kröte auf. Die andere Magd wollte die Kröte gleich mit dem Spaten entzweischlagen, das gute Mädchen aber hielt sie zurück und sagte: »Du hast ihr das Leben nicht gegeben, du sollst es ihr auch nicht nehmen!« Unterdes; war die Kröte verschwunden.

Als die gute Magd nun niederkommen sollte, erschienen drei Unterirdschen, brachten große und reiche Geschenke und trösteten sie, dass der liebe Gott alles zum guten Ende führen werde. Auch kamen sie zum zweiten Male dem jung gewordenen Kinde zu gratulieren, verhießen der Magd großen Verdienst, verlangten aber auch, dass sie alle Tage einen Pfennig zurücklegen sollen denn nicht lange so werde sie zu ihnen zu Paten gebeten werden und müsse denn doch ein Paten gescheut haben. Darauf empfahlen sie sich wieder und obwohl es der Magd wundersam vorkam, dass die überreichen Unterirdschen von ihr ein Patengeschenk verlangen sollten, so tat sie doch nach ihrem Befehle. Als sie auf diese Art einen Taler gesammelt hatte und gerade mit ihrem Liebsten darüber scherzte, zeigten sich die Unterirdschen zum dritten Male und luden nicht allein das Liebespaar, sondern auch die böse Magd zu sich ein. Die Dienstleute trauten sich zuerst nicht, die Ladung anzunehmen, dann aber folgten sie den Festbittern an einen großen Berg. In den Berg stiegen sie hinein. Da war natürlich alles voller Silber und Gold, in einem prächtigen Saale lag die Kindbetterin, die sie wohl empfing und' an eine herrlich besetzte Tafel nötigte. Als nun die böse Magd mitten in dem Reichtum saß und alle die Herrlichkeiten mit ihren Blicken überflog, sah sie von ungefähr in die Höhe und sah nichts mehr und nichts weniger – als einen schweren Mühlstein, der an einem einfachen seidenen Faden über ihrem Kopfe baumelte und in jedem Augenblicke sie zu erschlagen drohte. Das versteht sich, dass sie ganz blass ward, Gabel und Messer fortlegte und keinen Bissen mehr über die Lippen bringen konnte, aber sie erzählte es auch ihrer Mitmagd, und das Vergnügen hörte unter ihnen auf. Die Kindbetterin, welche wohl merkte, was die Menschen verstimme, hub zu ihnen an: »Seht, so hing mein Leben damals am seidenen Faden, als ich in Gestalt einer Kröte unter euern Spaten war; so wie ich aber damals durch Menschengutthat gerettet ward, so seid auch ihr jetzt gerettet, denn jener Faden wird nie reißen!« Auf diese Rede ward alles wieder froh und erst spät schieden die Dienstleute. An das verlangte Patengeschenk ward nicht weiter gedacht, vielmehr die gute Magd noch mit reichen Gaben überhäuft.

15. Uutgelohnt!

Die alte Frau S. aus Po kalk st ein hatte die Unterirdschen, denn sie war ungeheuer reich. Die noch lebende Wirtsfrau K. ans Rauschen, welche bei ihr früher gedient, hat auch einst durch das Schlüsselloch gesehen, wie sie die kleinen Leute fütterte. Essen nehmen sie gerne an, aber ihrer Kleidung muss niemand zu nahe treten.

Dem Wirth Z. aus Lapehnen tat es einst sehr leid, dass die armen Unterirdschen so schlechte Kleider hatten. Da sie ihm nun so viel Gutes erwiesen, hat er seine Frau, ihnen neue Röckchen hinzulegen. Die Unterirdschen nahmen zwar die neuen Anzüge, riefen aber dabei: »Uutgelohnt, uutgelohnt!« und zogen alle ab.

16. Die Unterirdschchen als Schmiede.

Ein Schmied war ganz verarmt. Er wusste selbst nicht, woran es lag, dass ihm alles misslang, die Arbeit nicht fortging und die Abnehmer schwanden. Aber er hörte täglich das Schreien seiner Kinder nach Brot, er sah täglich den Gram auf dem Gesichte seiner guten Frau und das ging ihm zu Herzen. Daher nahm er seine letzten Pfennige zusammen und lief noch abends spät nach einem Stückchen Eisen, um anderen Tags eine kleine Arbeit zu beginnen. Nachts ward es in seiner Werkstatt rege; das Feuer sprühte, die Bälge zischten, die Hämmer tönten. Schnell sprang er auf, und wie groß war sein Erstaunen er sah durch eine Spalte, wie eine Menge von Unterirdschen beschäftigt waren, sein Eisen zu verarbeiten. Er ließ sie ruhig walten und legte sich wieder zu Bett. Als der Tag graute, ging er leise in die Werkstatt und fand die niedlichsten Töpfchen, Pfännchen, Tellerchen, Dreifüßchen, Kesselchen fertig aufgestellt, – alles klein; denn es war wenig Eisen dagewesen, aber blank wie Sonnenschein. Nun machte er froh seinen Laden auf und stellte das Spielzeug aus. Da konnte niemand so schnell vorübereilen, dass er nicht etwas hätte mitnehmen sollen. Der Vorrat war nur allzuschnell vergriffen und mit vielen neuen Bestellungen schloss der Schmied seinen Laden, um dem Andrange zu entgehen. Das war ein Freudentag! Warmes Essen und sogar eine Kanne Bier! Der Schmied kaufte nun von dem Erlös zwei Stangen Eisen ein und legte sie schweigend in die Werkstatt. Die Frau Meisterin aber stellte auch eine große Schale Milchsuppe für die kleinen Wohltäter dabei; denn sie hatte gesehen, wie die vergossene Milch vom Tage vorher aufgetunkt und aufgeleckt war. Nachts horchte das Ehepaar an der Wand neugierig, was geschehen werde. Da kamen die Kleinen wieder an, rüstig zur Arbeit mit ihren Hämmerchen und legten los. Plötzlich bemerkte einer von ihnen das Essen; er sah den andern, dieser den dritten freundlich an; sie sielen über die Schale her und löffelten sie bis zur Nagelprobe aus. Dann reinigten sie sorgsam das Geschirr und machten sich von Neuem an die Arbeit. Des Morgens waren beide Eisenstangen zu den köstlichsten Sachen verschmiedet und alles war schon etwas größer. Holla! tönte es an den Laden. Aufgemacht, Herr Schmied! Kaum hatte er Zeit sich anzukleiden, als die Käufer schon eindrangen, die heutige Arbeit noch viel schöner als die gestrige fanden und ihm gegen teuren Preis alles unter den Händen fortrissen. So ging es Nacht für Nacht, Tag für Tag, und der Schmied wurde immer wohlhabender, kaufte immer mehr Eisen und tischte seinen Gehilfen immer besseres Essen auf. Eines Tages sagte er zu seiner Frau: »Wir sind jetzt reich geworden, Und das durch unsere kleinen Freunde. Sie selbst haben aber Röckchen an und Kappchen auf, dass sich Gott erbarmen möchte. Wir wollen ihnen neue schaffen.« Die Frau nähte flugs jedem ein schönes rotes Röckchen und feuerfarbiges Kappchen und legte es ihnen abends unter die Serviette. »Gut,« sprach der Hausherr, »sie sollen sich freuen.« Die Unterirdschen kamen zur gewohnten Stunde, setzten sich gleich zu Tische und steckten die Servietten vor. Aber wie verlegen wurden sie, als sie darunter die Bescherung entdeckten. »Uutgelohnt, uutgedeent !« riefen alle, schlüpften schnell in den neuen Staat und zogen ab, ohne selbst das bereitliegende Eisen noch zu verarbeiten. Der Schmied hatte zwar keinen kleinen Schreck darüber; er war aber in guten Ruf gekommen und arbeitete selbst da weiter, wo die Unterirdschen aufgehört hatten.

17. Der Wechselbalg.

In einer Mühle der Umgegend Rauschens wurde der Müllerfrau ein Kind jung. Des Nachts kamen die Unterirdschen mit einem ihrer Kinder angetrippelt, legten es in das Bette der Frau und gingen mit deren Kinde davon. Die Müllerfrau war fest eingeschlafen gewesen, in derselben Kammer lag aber auch ihr Bruder, der Müllergesell, und der schlief nicht, sondern sah das Treiben der Unterirdschen wohl mit an. Als des Morgens daher seine Schwester das Kind an die Brust legen wollte, wehrte er's ab und sprach: »Gib mir den Balg, ich will ihm den Kopf abschlagen!« Die Frau erschrak über die wundersame Rede heftig und entgegnete: »Was ficht dich an, ich werde doch nicht mein Kind umbringen lassen!« Der Bruder aber, welcher besser wusste, was zu tun sei, riss ihr das Kind fort und wollte es töten. Da die Unterirdschen sahen, dass es ihm Ernst um die Sache sei, brachten sie schnell das rechte Kind der Müllerin zurück und baten kläglich, das Ihrige zu verschonen. Sie erhielten es zurück.

18. Die Pobether Glocke.

Eine Kindbetterin in Pobethen lag sehr schlecht krank. Die Muhmen und Basen, welche sie Nacht für Nacht bewacht hatten, waren in Reih und Glied um ihr Bette herum eingeschlafen, nur sie allem wachte. Da schlichen sich die Unterirdschen ein und wollten ihr das Kind fortnehmen. Die schwache Frau rang mit ihnen .und schrie kläglich, bis endlich die Verwandten erwachten. Die Unterirdschen schlugen ein höhnisches Gelächter auf und zogen ab; verwünschten das Kind aber so, dass es bald, nachdem es in der heiligen Taufe die Namen Anna Susanne empfangen hatte, starb. Zufälliger Weise war die damalige Glocke auf dem Pobether Kirchturme auch Anna Susann« getauft worden. Als nun um den Tod des Kindes geläutet und die Glocke angezogen werden sollte, ging sie das erste Mal gar nicht, das zweite Mal noch weniger, und beim dritten Male hob sie sich aus dem Stuhle, fuhr durch das Schallloch, nahm noch ein tüchtig Stück Mauer mit und versank im nahen Mühlenteiche, indem sie klang:

»Anna Susanna kommt nimmer zu Land!« Sie wollte ohne ihre Namensschwester nicht mehr leben und lässt sich daher auch nicht auffischen, obwohl die Bauern die Stelle des Mühlenteichs, wo sie versunken ist, genau kennen.

Die verletzte Turmmauer ist zwar oft repariert, fällt aber immer wieder aus und noch ist die Stelle zu erkennen, an welcher die Glocke durchgefahren ist.

19. Ein Kind wehrt sich die Unterirdschchen ab.

Der längst verstorbene Wirt N. besaß das Gütchen des jetzigen Wirts W. in Rauschen. Als er noch ein kleiner, aber doch schon wehrhafter Junge war, ging einst alles Volk an die See Fische ziehen und ließ ihn mutterwind allein. Unterdes kamen eine Menge Unterirdschen und wollten ihn durchaus mit sich nehmen. Der Junge sträubte sich, schlug, biss und schrie, was er konnte; die Unterirdschen zupften ihn aber von allen Seiten, und hätten ihn gewiss mitbekommen, wenn nicht die Eltern noch früh genug zurückgekehrt wären. Sobald diese kamen, waren die Unterirdschchen fort.

20. Der Wolf verfolgt die Unterirdschchen.

Von Wölfen müssen die Unterirdschen wohl hart zu leiden gehabt haben. Denn als ein Mann aus Woiditten einigen Pferden nachritt, die sich verlaufen hatten, keuchte ihm ein Unterirdschen nach und bat flehentlich, es auf's Pferd zu nehmen, weil ihm ein Wolf nachsetze, und es nicht mehr zu laufen vermöge. Der Mann tat's gerne, ritt mit ihm eine Strecke und setzte es dann auf sein Bitten wieder ab. Nach herzlichem Dank sprach das Unterirdschen zu ihm: »Was du zunächst auf dem Wege finden wirst, das nimm ans und bewahr's, es soll dir gehören!« Der Bauer ritt fürder und fand bald einen Pferdefuß. Ihm schien solch Ding zwar wertlos, aber er nahm's sich mit für seinen Hund und schlengte es in die Peitsche. Als er jedoch nach Hause kam und bemerkte, dass der Pferdefuß ein großer Sack Geld geworden war, da behielt er ihn für sich selbst.

21. Die Seejungfer.

Der Einwohner L. aus Rauschen sah als Knabe von neun Jahren, wie sich eine schöne Dame bei Georgswalde badete. Sie hatte sich gleichsam mit einem Beine auf einen Stein, der in der See lag, nachlässig gesetzt, wipperte immer, und ließ sich von den Wellen beschlagen. Sie hatte krauses, zottiges Haar, gerade so wie ein schwarzer Pudel, und striegelte es unaufhörlich. L. rief einen Knecht, der unfern auf den Seebergen pflügte, hinzu. Auch dieser entsetzte sich über die Schönheit der Dame, besonders über ihre starken weißen Brüste, und rief ihr zu: »Willst uns was tun?« Da schrie das Weib laut auf, etwa: »Ui!« und stürzte sich kopfüber in die See, so dass ihr Fischschwanz hoch aufschlug.

Auch an dem Seegestade bei Warnicken hat man Seejungfern auf den großen Steinen, welche dort das Ufer in großen Massen bedecken und noch fern aus der See hervorragen, sitzen und sich die Haare striegeln gesehen. Ihre Erscheinung hat aber nichts Gutes zu bedeuten, denn das Fischerboot, von welchem sie gesehen werden, verunglückt in den nächsten drei Malen, dass es zur See geht.

22. Der Gausup.

Von der Brücke, welche unweit des Waldhäuschens auf dem Wege von Rauschen nach Georgswalde geschlagen ist, führt eine herrliche Schlucht bis an die See. Diese Schlucht wird der Gausup genannt und bietet unbedenklich größere Mannigfaltigkeit und Schönheit als die Warnicker dar, aber es hausen Poltergeister in ihr.

Der verstorbene Einwohner M. aus Rauschen ging mit seiner Frau in den Gausup, um seine Pferde dort zu hüten. Bald nahm er ein entferntes Geklatsche wahr, als wenn Jemand mit Waschschilden zusammenschlüge. Dieses Geräusch mochte zuerst an dem Anfange der Schlucht (dem Wege von Rauschen nach Georgswalde) begonnen haben, zog sich aber immer mehr nach der See zu. Man konnte durchaus nichts sehen, nur die Pferde müssen etwas gespürt haben, denn sie hoben die Köpfe, rissen die Nüstern gewaltig auf und schnarchten. Als das Geklatsche immer näher kam, duckte das Ehepaar in Todesangst unter das Gebüsch, und hörte, wie es in die See ging und dort plätscherte, als ob Enten mit den Flügeln im Wasser schlagen.

Dieses Wunder wiederholt sich oft und ist von vielen, besonders aber auch von dem Vater der verwitweten Schulz L. aus Rauschen wahrgenommen worden. Er ist dabei von zwei Pferden, einem großen und einem kleinen, verfolgt, die ihm immer auf den Hacken gewesen. Die beiden Tiere schrien dabei ganz absonderlich, zumal quickerte das kleine erbärmlich, bis sie endlich verschwanden. Da sie ihm bis auf den Sandweg nachgelaufen waren, ging er am andern Tage hin, um sich ihre Spuren zu besehen, fand aber nichts.

23. Das Wunschpferd.

1) Zur französischen Zeit, es mag 1807 gewesen sein, ging die noch lebende Witwe M. aus Rauschen mit dem jetzigen Wirte M. von ebenda, welcher damals schon ein hübscher Junge war, in den Gausup, weil ein starker Sturm wütete, und sie sehen wollte, ob etwa ein Schiff stranden werde. Von dem ewigen Hin- und Herlaufen ward der arme Junge herzlich müde und hatte keinen sehnlichern Wunsch, als irgendwo ein Pferd zu finden. Da sah er gerade vor sich eines weiden, und wollte, während die Frau vorauseilte, sich hinaufschwingen, kam aber bald im Karriere auf eigenen Füßen nachgerannt, denn das Pferd hatte keinen Kopf gehabt.

2) Der vor 6 Jahren verstorbene Wirth G. aus Lapehnen hatte eine kranke Frau daheim und wollte den andern Tag nach Königsberg zum Doktor, vorher aber noch bei seinem Schwiegervater in Waldhausen ansprechen. Als er sich zu Bette gelegt hatte, wurmte es ihn immer. Er hatte gar keine Ruh und Frieden, stand wieder auf und machte sich auf den Weg.« In Pobethen fand er schon ein Ächtchen brennen und meinte, dass es stark zum Tage gehen müsse. Sein Weg war aber noch sehr weit, und als er auf Goithenen zuging, wünschte er in seinem Sinn: »wenn du doch ein Pferd hättest, du wolltest ja nur bis Waldhausen reiten und es morgen wieder auf dieselbe Stelle zurückbringen.« Wie er das so dachte, stand ein Pferd vor ihm auf der Weide, durch welche der Fußsteig führte. Er setzte sich gleich einen Zaun zusammen und stieg auf. Das Pferd ging auch ganz gut und er bog dem Teiche vorbei, indem er einen Richtweg durch den Forst einschlagen wollte. Als er aber in den Wald Km, sing das Pferd sichtbar unter ihm zu wachsen an. Er kam immer weiter von der Erde ab und die Zweige der höchsten Bäume, welche früher weit über ihm gestanden hatten, streiften ihm am Kopfe vorbei. In Todesangst griff er nach den Ästen, um sich herabzuziehn, aber das Pferd jagte so gewaltig, dass sie ihm schon längst vorbei waren, wenn er sie erfassen wollte. Zu halten war das Pferd auch nicht, und so fasste er sich kurz und warf sich herab. Da war's, als wenn der Wald voller Vögel wäre, so sang es, so klang es, klin-

gerte und klapperte, sprang und tat sich's. Das Pferd aber jagte in das Dickicht und es sauste, brauste und schnaufte, als es dahin fuhr. Ermattet schlich der Bauer nach Waldhausen und fand dort alles noch in tiefem Schlafe.

Diese Geschichte hat der G. oft erzählt und dabei bedauert, dass er nicht Bast zum Zaume gehabt oder nicht wenigstens Kreuzknoten hineingeknüpft habe, denn beides lässt die Pferde nicht entlaufen.

3) Ein anderer Bauer hatte auch wirklich einmal ein solches Pferd mit Bast aufgezäumt und es viele Jahre behalten, als er aber einst feine Pferde in der Jürge (Warnickensche Forst) hütete, musste er einem entsprungenen Füllen nacheilen und unter dieser Zeit hatten die Hirtenjungen dem Pferde den Bastzaum gelöst, worauf es fortgelaufen war.

4) Ganz etwas Ähnliches als dem G. ist einem gewissen K. aus Dirschkeim begegnet. Auch er wünschte sich ein Pferd, fand es, schwang sich hinauf, das Pferd vergrößerte sich aber im Walde bei Katzkeim dermaßen, dass er sich an den vorbeistreifenden Baumästen herabhob.

5) Ein Bauer aus Hubnicken wünschte sich ebenfalls ein Pferd, fand es auch sogleich, musste es aber laufen lassen, weil es sich unter ihm vergrößerte. Er dachte indes bei sich: »Wenn ich es doch nur ein Mal noch finden möchte!« und ging mit dem Gedanken des anderen Tages auf dieselbe Stelle. Das Pferd stand wieder da; schnell legte er ihm einen Bastzaum um und es musste mit ihm mit. Er spannte es ganz allein vor die größten Wagen, es zog sie im Sausen fort. Er gab ihm Heu: es fraß nichts, auch nicht einmal Brod. So diente es ihm acht Tage, dann aber war es verschwunden und hat sich auch, so sehr er es sich wieder wünschte, nicht ferner von ihm betreffen lassen.

6) Ein Bauer aus Gr. Kuhren hatte in Königsberg exerziert und kam zur Heimat zurück. Bei Ladtkeim wünschte er sich ein Pferd zum Reiten. Bald fand er eines, sah ihm zwar gleich an, dass es mit ihm nicht richtig sei, griff ihm aber doch mit beiden Händen um den Hals und wollte sich hinausschwingen. Er war ein ungeheuer großer und starker Mann, der auch unter dem alten Fritz tüchtig mitgewurzelt hatte, und konnte sich auf seinen Arm verlassen, das

Pferd warf ihn aber so weit und hart ab, dass er ganz betäubt auf die Erde fiel und sich lange nicht erholen konnte.

24. Piekerts Bruch.

Der Erlenbruch, welcher unmittelbar bei Sassau anhebt und durch welchen der Weg von dort nach Rauschen führt, heißt nach dem Besitzer Piekertsbruch. Nachts ist dort oft ein schwarzer, großer Bull (Stier) von den Hirten gesehen worden, der schnaufend hin und her setzte, hohl brüllte, grimmig stampfte, scharrte und mit den Hörnern wühlte, überhaupt gewaltig arbeitete, aber sonst nichts Übles tat.

25. Der Scheffelkops.

Et gaff var Tieden önn Kengsbarg eenem Gaist Scheepelkopp. De hadd Ooge wie Senfschöttle onn Tähne wie Ledderspraate, onn satt ömmer önn oole Hüser oppe Lucht under de Ookle. Käm nu eener rop, onn de Kobold fach opp Cent mütt sienem groote Kopp under't Schurmur veer, denn war goot to gruuse. Aversch hei deed nuscht, man de kleene Kinder lewd he to buschre, vatt se önnt Bedd' ginge.

Daher sagt man noch jetzt zu einem Kinde, das nicht ruhig schlafen will: Wacht, de Scheepelkopp kömmt!

II. Elemente, Bäume und Tiere.

26. Das Weihnachtswasser.

In der Weihnachtsnacht zwischen elf und zwölf Uhr ist alles Wasser Wem, aber wehe dem, der dieses Geheimnis entdeckt und ein Wort dabei spricht. Denn bei den Eltern der verstorbenen Frau V. hier in Königsberg diente ein sehr ordentliches Mädchen, welches am Weihnachtsabend die Stuben auswaschen sollte und mit der Arbeit noch bis gegen zwölf Uhr beschäftigt war. Um diese Zeit holt sie aus dem Brunnen frisches Wasser, trinkt zufällig einen Schluck davon, und trink t – Wein. »Miene! – ruft sie erstaunt zu dem neben ihr beschäftigten Dienstmädchen – Miene, dett Waater öss Wien!« In demselben Augenblicke aber erdröhnt eine Stimme: »Diene Ooge sönd mien!« und sie wurde von Stunde an blind.

27. Die Ebresche in Lochstädt.

Auf einer Mauer des früheren Ordenshauses Lochst ä d t steht ein dicker Ebreschenbaum, der früher silberne Beeren getragen hat, jetzt aber schon zu alt ist und keine Früchte mehr ansetzt.

28. Das Graspferdchcn.

In der Weihnacht können alle Tiere reden und das Pferd ist satt, das einzige Mal im Jahr. Das letztere hat, seinen begreiflichen Grund.

Als nämlich Gott der Herr noch auf Erden wandelte, kam er einst an einen breiten Fluss, durch den er nicht wohl waten konnte. Er sah sich um und erkannte, dass auf einem nahen Grasplatze ein Pferd und ein Rind weideten. Zuerst bat er das Pferd, ihn hinüber zu tragen, das aber antwortete, ohne nur aufzublicken: »Ich hab' nicht Zeit, ich muss fressen!« Nun wandte er sich an das Rind mit derselben Bitte und das hatte zwar auch zu fressen, war aber dennoch bereitwillig. Da befahl Gott: »Du Pferd hast keine Zeit, mir einen kleinen Dienst zu erweisen, weil du fressen musst; gut, du sollst ewig fressen und, soviel du auch frisst, nimmer satt werden!«

So blieb es, so ist es noch jetzt. Graspferdchen wird nimmer satt, sagt das Sprichwort. Nur am heiligen Abende, wo Gott die ganze Welt ihrer Bürde erledigte, wird auch das Pferd satt.

29. Der Gietvogel.

Dieser kleine Vogel, welcher immer längst der Erde hüpft und »giet, giet« schreit, hat sehr schöne gelbe Füßchen. Als vor grauen Jahren die Teiche gegraben wurden, sollte auch er den Morast ausräumen helfen, er hatte aber zu große Furcht, sich dabei die schönen gelben Füßchen zu besudeln und legte daher nicht mit Hand an. Da bestimmte Gott der Herr: er solle bis in alle Ewigkeiten aus keinem Teiche saufen.

Deshalb sieht man ihn immer nur aus hohlen Steinen oder Wagenspuren, wo sich Regenwasser angesammelt hat, kärglich nippen. Wenn nun aber lange kein Regen gefallen und trockene Zeit ist, dann leidet er natürlich Durst und man hört ununterbrochen sein ängstliches »giet, giet!« d. h. gieße, regne. Das ruft er zum lieben Gott und dem bleibt am Ende auch nichts weiter übrig, als den armen Schlucker wieder zu tränken.

30. Die Krähe.

Die Krähe dürstet und kann nicht trinken, denn sie ist verwünscht. Als nämlich die Vögel sich die Brunnen gruben, aus welchen sie trinken wollten, da hatte die Krähe keinen Gefallen an dem Werke, sondern wenn ein Wall rings um den Brunnen von den andern Vögeln aufgeworfen war, scharrte sie ihn mit ihren Füßen wieder zurück und hinderte so die Arbeit. Daher darf die Krähe kein Wasser trinken. Oft sieht man sie zwar über dem Wasser flattern, als ob sie trinken wollte, doch alsbald weicht sie wieder scheu zurück. Und so kommt es auch, dass die Krähe selbst in der nächsten Nachbarschaft eines Wassers verdurstet.

31. Wachtel und Schwalbe.

In den ersten Zeiten waren die Tiere anders verteilt, als jetzt; die Wachtel z. B. lebte in den Häusern der Menschen und die Schwalbe in den Feldern. Da sich jene aber das ewige Geschrei: töh toröck und mött Bedacht angewöhnte, und vie Menschen dadurch kopfscheu und lässig wurden, so versetzte sie der liebe Gott in die Felder und dagegen die Schwalbe in die Häuser. Diese rief den Bauern immer: Fitschel, Fitschel! zu, als ob die Peitsche hinterdrein wäre, und da ging Alles forsch weiter.

32. Gras- und Weizenwachtel.

Die Graswachtel war anfangs Weizenwachtel und die Weizenwachtel Graswachtel. Sie kamen überein zu tauschen, wofür die Graswachtel, welche sich bei dem Tausche verbesserte, eine Marke zuzugeben versprach. Nach dem Tausche aber verweigerte die jetzige Weizenwachtel die Marke und rief höhnend: »Stück vor Stück.« Die betrogene Graswachtel aber verlangte, was ihr zukam, und rief mahnend: »Mark! Mark!«

33. Der Kreuzschnabel.

Als unser Herr Christus gekreuzigt wurde, da hätten es die Vorfahren der Kreuzschnäbel gern gehindert. Sie flogen daher nach der Kreuzigung hinzu und suchten mit ihren Schnäbeln die Nägel aus den Wunden und aus dem Kreuze auszuziehen. Es gelang zwar nicht; aber sie hatten doch ihren guten Willen bewiesen und der liebe Gott belohnte sie dafür, indem er ihnen zur Erinnerung die sich kreuzenden Schnäbel samt dem Namen Kreuzschnabel gab.

34. Der Zaunkönig.

Die Tiere kamen überein, sich einen König zu wählen, und da ihre Auszeichnung, welche sie von allen Tieren unterscheidet, in den Flügeln besteht, so beschlossen sie, dass der König sein sollte, wer am schnellsten fliegen könne. Zum Ziele nahmen sie einen Zaun und flogen alle zu gleicher Zeit von weit her nach ihm aus. Der Adler dehnte seine weiten Schwingen und flog allen majestätisch voran, Niemand konnte ihn überfliegen und er hätte auch gewiss das Ziel zuerst erreicht, wenn sich nicht der Zaunkönig ihm ins Ohr gesetzt gehabt, und als der Adler fast am Ziele, aber von dem weitem Fluge schon ermüdet war, mit frischen Kräften hervorgeflogen wäre und sich zuerst auf den Zaun gesetzt hätte. Die Tiere waren ergrimmt, dass sie einen so kleinen König haben sollten, schalten ihn einen Betrüger und beschlossen einen zweiten Wettflug anzustellen; vorher aber suchten sie den nächsten hohlen Baum aus, sperrten den Zaunkönig dort hinein und setzten die Eule zum Wächter vor, weil sie zwei große Augen hat. Die Eule setzte sich bedachtsam vor den Baum und machte die Augen immer auf und zu, weil sie das Tageslicht nicht ertragen mag. Als nun die Vögel wieder wettflogen und der Adler dem Ziele wieder nahe war, passte der Zaunkönig den Augenblick ab, in welchem die Eule ihre Augen geschlossen hatte, flog aus dem hohlen Baume und war wieder der Erste auf dem Zaune. »Nun gut,« sagten die Tiere, »weil du zweimal der erste auf dem Zaune gewesen bist, so sollst du Zaunkönig, der Adler aber unser König sein!« Davon hat er seinen Namen.

35. Die Fledermaus.

Die Vögel führten einst mit den vierfüßigen Tieren Krieg. Die Fledermaus, welche jedenfalls der siegenden Partei angehören wollte, hielt sich immer zu derjenigen, welche sie im Vorteile sah. Unter den Vögeln gab sie sich für einen Vogel aus, unter den vierfüßigen Tieren für eine Maus. Nachdem aber der Friede geschlossen war, wurde man des Betrugs inne. Von beiden Parteien verurteilt, scheute sie es seitdem, sich bei Tage sehen zu lassen, und das ist der Grund, weshalb sie erst in der Dunkelheit ausfliegt.

86. Die Ameisen.

In früheren Zeiten mussten die Bauern auf ferne Güter scharwerken gehen. Sie pflegten dann Essen mitzunehmen und es, wenn die ersehnte Ruhestunde kam, auf dem grünen Rasen auszupacken, ohne erst ein Tischtuch unterzubreiten. Viele Brocken blieben natürlich zwischen den Gräsern liegen, und die Bauern hatten auch nicht Zeit, sie aufzulesen, weil ihre Arbeit sogleich wieder begann. Nun sind aber die Hämskers äußerst haushälterisch; kein Körnchen lassen sie liegen, sondern schleppen mit unermüdlicher Emsigkeit in ihren Bau. Das fahrlässige Thun der Bauern war ihnen daher längst ein Ärger gewesen und endlich beschlossen sie, allesamt in den Himmel zu kriechen, um die Unzucht dem lieben Gott zu klagen. Dieser aber entschied, dass die Bauern schon durch das Scharwerk genug gequält wären und sich nicht mit dem kleinlichen Brockensammeln noch mehr quälen dürften die Anklage der Hämskers also grundlos sei. Zugleich nahm er die unnützen Querulanten beim

Wickel und warf sie aus dem Himmel. Sie fielen so hart auf die Erde, dass sie alle das Kreuz brachen und dies zerbrochene Kreuz ist auf ihre Kinder und Kindeskinder nachgeartet.

37. Der Schlangenkönig.

Der König der Schlangen ist äußerst groß und furchtbar, kein Mensch wagt sich ihm zu nahen, eine güldene Krone trägt er auf seinem Haupte. Bei Diwens (unweit Pobethen) sah ein Bauer seine Majestät ganz allein in einem ausgedörrten Fischhälter auf dem Grase ruhen. In der Gausupschlucht bei Georgswalde entdeckten ihn andere (z. B. der Vater des noch lebenden Einwohners L. aus Rauschen), als sich gerade eine Menge Schlangen um ihn versammelt hatten und ihre Ehrfurcht durch Reverenzen bezeugten. Er hatte damals zwölf Köpfe und auf jedem eine Krone.

Schon die gemeine Schlange bringt Glück; wer aber eine Schlangenkrone erlangen kann, von dem kann der Sieg nicht weichen. Das wusste schon der alte Fritz. Er bot seine Dragoner auf, wer ihm die Krone eines Schlangenkönigs besorgen wolle. Da meldeten sich viele Freiwillige und zogen mutig zum schweren Unternehmen aus. In der Haide trafen sie den Schlangenkönig, umringt von allen Schlangen besonders aber von den Schiefzschlangen, die sich aus den Schwanz stellen und dann plötzlich weit losfahren; das sind seine Leibwächter. Einer der Dragoner sprengte, ohne sich zu bedenken, mitten in die Untertanen und in die Leibwache, hieb ihrem König den Kopf ab, spicke ihn mit samt der Krone auf die Degenspitze und jagte mit seinen Kameraden wohlbehalten von dannen. Er brachte dem alten Fritz die erbeutete Krone, der alte Fritz trug sie immer bei sich und siegte; der arme Dragoner aber musste seinen Heldenmut mit dem Leben bezahlen. Denn als er sein Pferd abzäumte, schnellte eine Schießschlange, die sich unter den Schwanzriemen gesetzt hatte, hervor und biss ihm so ins Gesicht, dass er in drei Tagen den Tod überwand.

III. Seelen, Tod und Gespenster.

38. Geister streiten sich.

Zu dem Wirt M. aus Woiditten kam ein Bettler, um eine Gabe zu erflehen, konnte aber nicht an das Haus, weil sich auf dem da vorliegenden Steinpflaster gerade zwei Geister, ein schwarzer und ein weißer (dieser soll der gute jener der böse gewesen sein), prügelten und stießen. Der Kampf währte lange, aber endlich besiegte der schwarze Geist den weißen und ging triumphierend über das Steinpflaster. Der Bettler erzählte sein Gesicht den Hausbewohnern und warnte sie, sich wohl in Acht zu nehmen, da ihnen ein großes Unglück bevorstehe. Sie lachten aber den alten Mann mit seinem gutgemeinten Rate aus. Am dritten Tage darnach ging M. mit einem Bekannten auf die Lerchenjagd. Sie schossen lange und viel, bis der Gewehrlauf des M., welchen er überladen hatte, platzte und ihn tötete.

39. Ein Geist macht schiefe Mäuler.

Der Wirth Sch. hatte einst mit andern Leuten Holz geschlagen und ging in ihrer Gesellschaft nach Hause. Während die andern ruhig auf dem Wege fortmarschierten, machte er auf einmal einen großen Bogen, und kam erst spät in den Weg zurück. Hier erzählte er, dass auf der und der Treppe ein Geist gesessen habe, dieser habe die übrigen ruhig ziehen lassen, ihm aber schiefe Mäuler geschnitten, und das habe einen nahen Tod zu bedeuten. Alle lachten über ihn, aber am andern Tage ist wirklich ein naher Bekannter gestorben.

40. Ein Geist kneipt.

Die längst verstorbene Frau W., deren Nachkommen noch in der Umgegend von Rauschen leben, lag mit einem kranken Kinde im Bette, den Kopf nach der Türe gerichtet. Nachts kam ein Gespenst und schnitt, wie sie über Kopf sah, schiefe Gesichter. Sie blieb aber ganz still. Die folgende Nacht kam es wieder und tat dasselbe. Die dritte Nacht aber fasste es sie beim Kopfe und schnürte ihr die Gurgel zu, indem es ihre schwarze Mütze, die unter dem Kinne zugebunden war, so lange anzog, bis das Band riss. Nun ging es an das

Fußende und kneipte sie entsetzlich in die großen Zehen. Die Frau betete, was sie nur wusste und konnte, als aber der Geist nicht davon nachließ und ihr die Zehen fast ausdrehte, sprang sie auf und rief: »Gott schlag', hilft denn kein Beten mehr? – Wo ist die krumme Krücke!« Der Geist wandte sich, ging hinaus und kam nicht mehr wieder.

41. Der Tod ist vor der Tür.

Die Frau M. aus Rauschen, welche alte Leute noch gekannt haben, hat oft von Geistern erzählt. Sie hat ihren Tod so gut vorher gewusst, dass sie in jenem Jahre nicht mehr Kartoffeln pflanzte, sondern den Nachbarn sagte, dass sie die Reife der Kartoffeln nicht mehr erleben werde, sich aber auf ein Gericht Kohl zu ihnen zu Gaste bat. Zwischen der Kohl- und Kartoffelernte desselben Jahres ist sie auch wirklich gestorben.

Diese Frau ging einmal durch das Dorf und erzählte, dass der Tod schon lange unter einem Holzhaufen vor der Tür des Wirths B. säße, und nur warte, dass jemand die Tür öffne, um hineinzukommen. Die Leute wussten nicht einmal, dass dort ein Kind krank war, des andern Morgens aber, als die Tür geöffnet wurde, starb es.

42. Die wilde Jagd.

Durch den Hohlweg von Butzkeberg (Nr. 8.) und ebenfalls um die Nachtzeit ging einst der Vater und der Großvater des noch lebenden Einwohners B. in Pobethen. Kaum trauten sie ihren Blicken, eine solche Menge Jäger hielt auf dem Butzkeberg, mit gespannten Hähnen, mit gekoppelten Hunden, mit allem Heile. Damals war noch eine Königl. Försterei in jener Gegend, und, obwohl den Bauern die Sache schon unheimlich vorkam, dachten sie doch, dass etwa ein Treibjagen im Werke sei, und blieben neugierig stehen. Nach einer Weile sprengten sie Jäger los, hinunter den Butzkeberg, Karriere nach dem Hohlwege. Hui! setzten Mann und Ross und Hund mit einem Sprunge nach einander über den Hohlweg, als wär's ein Graben zum Spaß. Der Bauer nahm seinen Sohn, ließ erst ruhig die Hetze über sich setzen und setzte dann selbst aus, so lang seine Beine waren.

Auch von Tenkitten, einem Stranddorfe unweit Fischhausen, bei welchem das St. Adalberts-Kreuz errichtet ist, und von Kragau soll der wilde Jäger ausziehen.

43. Oeck schmiet!

Leute aus dem Städtchen Fisch hausen fuhren einmal von Königsberg über Haff nach Hause. Als sie um den Peiser Haken (Vorsprung des Ufers) segelten, schrie eine drohende Stimme von oben her, ohne dass sie den Schreier sehen konnten: »Oeck schmiet!« (ich schmeiße, werfe), und zum andern Mal: »Oeck schmiet!« und zum dritten Mal: »Oeck schmiet!« – Ei so schmeiß einmal in Teufels Namen! antwortete ein Bootsmann. Pratz! fiel ein altes totes Pferd aufs Verdeck. Die Schiffsleute machten sich sogleich alle darüber her, zerrten, treckten und rollten es über Bord. Als sie nach Hause kamen, fanden sie überall, wo sich Haar oder Haut von dem Balge abgestreift hatten, Goldstücke. Sie hatten sich die Stelle, wo sie ihn ins Haff geworfen, wohl gemerkt, fuhren zurück und fischten, wo sie konnten und wussten, fanden aber nichts mehr.

44. Die Geister vom Schanzenberge.

Nachts reitet der Böse wie auf dem Pilberge, so auch auf dem Schanzenberge auf einem Pferde ohne Kopf immer rund herum und erschreckt die armen Hirtenjungen. Noch etwa vor zehn Jahren hat er sogar Bauerschlitten, welche an dem Berge vorbeifuhren, mitten auf der ebenen Landstraße ohne weiteres umgekehrt.

In dem Pokirber Walde, der sich an den Schanzenberg anschließt, arbeiten nachts viele Holzschläger und Brettschneider. Sie hauen und sägen ohne Unterlass, doch niemand weiß, woher sie kommen oder wohin sie gehen, oder für wen sie werkstellen.

Am Pokirber Walde liegen große griese (schmutzig gelbgraue) Hunde. Der Einwohner R. aus St. Lorenz, der noch leben mag, ging einmal nach Kraam und kam schon im Zwielicht dem Pokirber Felde vorbei. Da lag quer über den Weg hin ein großer grieser Hund, der den Kopf aufhob und ihn anglotzte. Seine Augen sollen dabei wie ein Paar Laternen gefunkelt haben, der R. ist jedoch mit einem Umwege glücklich vorbeigekommen.

So sehr auf diese oder ähnliche Art vorübergehende Leute geneckt wurden, hatte es doch niemand schlimmer als der frühere Besitzer von Pokirben selbst. Dieser pflegte nämlich, wenn er sonntags in Lorenz zur Kirche gewesen war, noch eine Weile im dortigen Kruge zu trinken und zu kosen, bis er um Schimmerlicht nach Hause wankte. Da sprang einmal, wo das Pokirber Feld anhebt, ein zottiger Ziegenbock auf und verfolgte ihn bis nach dem Hofe von Pokirben. Er zeterte und meckerte dabei ganz erbärmlich und ununterbrochen.

Am Hofe kehrte er um und flog im Saus zurück, als wenn der Sturm die dicken Wolken vor sich herbraust.

Ein ander Mal kamen von den Hunden, die am Pokirber Wege liegen, zwei auf ihn los, ein schwarzer und ein weißer, und begleiteten ihn, der eine zur Rechten, der andere zur Linken wieder nach Hause. Er setzte sich ins Zeug und lief was er konnte, aber seine Gefährten ließen ihn nicht, und während der schwarze grimmig auf ihn eindrang und ihn überall zu beißen suchte, machte der weiße so, als wenn er es abwehren wollte. Der arme Gutsbesitzer kam durch und durch nass von Angstschweiß in Pokirben an und ging seitdem nie mehr in den Lorenzer Krug – ohne sich einen Knecht mitzunehmen.

45. Der griese Hund.

Eine Frau aus dem Stranddorfe Lapehnen ging von Kobjeiten abends nach Hause. Wo sich der Weg nach Sassau und Lapehnen trennt, sah sie querüber einen großen griesen Hund liegen. Sie wollte ihm rechts vorbei, aber der Hund reichte noch ein großes Stück in das anliegende Kornfeld hinein, sie wollte links, da lag aber der Hund noch viel tiefer im Getreide. Voller Angst lief sie querfeldein und kam unversehrt nach Hause.

46. Der Bernsteinvogt.

In der frühesten Zeit war es jedem frei gewesen, den von der See auf den Strand geworfenen Bernstein aufzusammeln; als aber die Brüder des Ordens das Land in Besitz nahmen, erkannten sie, wie großen Nutzen sie daraus ziehen möchten, wenn sie sich solchen vorbehielten, und Br. Anselmus von Losenberg, der Vogt auf Samland, ließ ein Gebot ergehen, dass jeder, welcher unbefugt Bernstein sammle, mit der Strafe des Stranges belegt werden solle. Die Preußen aber, von denen viele ihren Unterhalt hieraus gezogen, insonderheit die Fischer, denen der Bernstein oft beim Fischen zu Hand kam, kehrten sich nicht daran. Da ließ der Vogt jeden, der beim Sammeln ergriffen ward, ohne weiteres Urteil und Recht an dem nächsten Baume aufknüpfen, so dass viele jämmerlich ums Leben kamen. Für diese Tat hat aber Anselmus keine Ruhe im Grabe gehabt. Noch mehrere Jahrhunderte hernach hat man zu Zeiten seinen Geist am Strande umherwandeln gesehen, ausrufend: O um Gott, Bernstein frei! Bernstein frei!

Jm Jahre 1523 ereignete es sich, dass einige Strandbauern, denen der Hochmeister Albrecht das Salz, was sie sonst bekommen, vorenthielt, aus Roth etliche Stücke Bernstein aufsammelten und an Bürger in Fischhausen verkauften; die Sache wurde aber ruchbar und die Täter wurden hart bestraft. Seit der Zeit nahm die Menge des Bernsteins so ab, dass man kaum den tausendsten Teil so viel erhielt wie früher. Wohl sah man ihn noch in großer Menge am Ufer schwimmen, wenn man aber mit den Gezeugen hinankam, so war er entschwunden. Da meinten die Brüder: Gott habe ihnen die köstliche Gabe nicht ferner gegönnt.

47. Der Wagnicker Grund.

Der Bauer Baus Wag nicken war schon lange gestorben, als einst Holzschläger im nahe belegenden Grunde arbeiteten und sahen, wie er mit einem vierspännigen Mistwagen durch die unwegsamsten Stellen in sausender Karriere kutschierte. Sie erschraken heftig und liefen nach Hause, da ist er ihnen aber schon wieder von der entgegengesetzten Seite mit seinem Mistwagen in den Weg gekommen.

48. Die verstorbene Mutter.

Der vor etwa 40 Jahren verstorbene Wirt Sch. aus Heiligen Kreuz hatte das Unglück seine Frau früh zu verlieren. Die Kinder, die sie unendlich geliebt hatten, weinten und klagten über den Tod ihrer Mutter und waren nicht zu beruhigen. Auch der Mann war untröstlich und noch trüber stimmte es ihn, dass seine geliebte Frau gar keine Ruhe im Grabe fand. Sie erschien ihm sogar des Tages und sah ihn stets flehend an. »Was willst du?« fragte er sie einst mit beklommener Brust. »Was kann ich tun für deine Ruhe?« – »Strafe die Kinder!« entgegnete sie; »Ihr Weinen und Klagen lässt mir keine Rast in der stillen Erde!« Der Mann strafte die Kinder, dass sie ihren Gram unterdrückten, und die Tote erschien nicht wieder. Dass die Thronen der Zurückgebliebenen das Totenhemde der Verschiedenen befeuchten und ihnen daher keine Ruhe im Grabe lassen, ist ein höchst allgemeiner Glaube.

IV. Entrückungen.

49. Der Galtgarb.

Der Galtgarb, auf welchem jetzt der wunderbaren Errettung unseres Vaterlandes aus französischer Gewalt ein Denkmal gesetzt ist, erhebt sich etwa 383 Fuß über die Meeresfläche, ist die höchste Spitze Samlands und im Kirchspiele Kumehnen belegen. Seine noch völlig erkennbaren, wallartigen Umzingelungen weisen darauf hin, dass er früher eine Beste getragen habe, der Sage nach die Burg des heidnischen Preußenkönigs Samo. Die Landleute nennen ihn Galtgarbs-Berg und erzählen:

Dort war ein jetzt verwünschtes Schloss, denn in längst vergangenen Zeiten haben sich zwei schöne Frauen auf seinem Gipfel zum Öfteren sehen lassen, welche jetzt durch menschliche Einfalt verscheucht und auf ewig unglücklich geworden sind. Ein Bauer, dem die Frauen zu Herzen gingen, fragte sie nämlich einmal, was er wohl für sie tun könne, wenn er's wolle. Sie waren sehr erfreut über seine Frage und sagten, dass sie wohl noch zu erlösen seien, wenn sich jemand mit verkehrtem Wagen und Pferden auf den Berg zu fahren getraue. »Doch«, klagten sie »wenn's jemand wagt und setzt es nicht durch, so sind wir auf ewig verloren.«

Dem Bauer schien das eine Kleinigkeit. Er trollte nach Hause, stellte seinen Wagen an, drehte auch – wie ihm die Frauen geboten, – jedes Stück behutsam um, legte die Pferde verkehrt vor und schleppte das Fuhrwerk so rückwärts den Berg hinan. Obwohl der Galtgarb damals noch ganz mit Gestrippe verwachsen und ohne Weg und Steg gewesen sein muss, hatte sich der Bauer doch schon fast auf die Höhe gearbeitet, als ihm ein jammervoll Geschrei entgegentönte, worin die Stimme der Frauen: »Auf ewig verloren! Auf ewig verloren!« ganz deutlich, zu unterscheiden war. Lange konnte er sich das Unheil, welches er angerichtet hatte, nicht erklären, bis er sein Gespann näher besah und fand, dass er die Deichsel umzukehren vergessen habe.

Seitdem haben sich die Frauen nicht ferner bewiesen.

50. Der Hausen.

1) So wie der Galtgarb die kriegerischen Großtaten des Königs Friedrich Wilhelm III. verewigt, ist der Hausen Zeuge des festlichen Danks geworden, welchen ihm die Strandbewohner für die segensreiche Überlassung der Bernsteinpacht zollen. Seiner absoluten Höhe nach (250 Fuß) folgt der Hausen unter Samlands Bergen auf den Galtgarb. Er liegt im Kirchspiele German. Auch ihn umschließen Wälle und Gräben, auch auf ihm soll ein verwünschtes Schloss gestanden und wenigstens eine Jungfrau sich gezeigt haben.

Die Bedingung ihrer Erlösung hat sie den dortigen Hirten wohl verständlich zu machen gewusst und angegeben, dass jemand mit verkehrtem Wagen auf den Hausen fahren müsse. Hiernach stellte auch einer seinen Wagen an und begann die Fahrt, hatte aber den Spannagel umzudrehen vergessen. Die Jungfrau, welche auf dem Berggipfel seiner harrte, entdeckte den Fehler sogleich und rief dem Bauersmann ein Mal über das andere hinunter:

»Spannagel kehr um! Spannagel kehr um!« Unglücklicher Weise hieß der Bauer aber gerade auch »Spannagel«, und da die Jungfrau mit ihrem »Span na gel kehr um!« gar nicht zu Ende kommen konnte, verstand er das Ding unrecht und kehrte wirklich mit seinem Wagen um. Die arme Frau konnte dieses Spiel des Zufalls natürlich nicht voraus wissen, war aber auf ewig verloren und versank vor des Landmanns Augen in die Erde.

2) Die Hügelkette, deren größtes Glied der Hausen ist, zieht sich ziemlich weit hin und umfasst eine Menge kleinerer und größerer Höhen, welche teils noch mit Strauch bewachsen, teils schon mit Kornfeldern bedeckt sind. Unter einem der bestrauchten Hügel soll ein alter Heidenfürst begraben liegen, mit ihm sein goldener Zepter und seine goldene Krone; man weiß aber nicht unter welchem. Alle die alten Heiden waren jedoch mächtige Riesen, und wenn sie für geringe Männer schon die bekannten und gewaltigen »Kapurnen« (Heidnische Grabhügel) anschütteten, so ist es unzweifelhaft, dass für den Fürsten der Hausen selbst aufgetürmt ist.

Andere sagen, dass der Fürst nicht in dem Hausen selbst, sondern in einem der umliegenden Hügel begraben, und nicht ein Heidenfürst, sondern der Fürst Albertus gewesen sei. Unsere Herzöge

Albert und Albert Friedrich sind jedoch beide im Dome zu Königsberg beigesetzt.

3) In der Ebene, welche den Hausen umschließt, liegt an einem Sumpfe der sogenannte Opferstein. Er ist nach einer Seite hin ausgehöhlt und soll der Altar gewesen sein, auf welchem die alten Preußen ihren blutdürstigen Göttern Menschenopfer darbrachten. Das Gütchen Romehnen, wohin Romove verlegt wird, ist eine kleine Viertelmeile davon entfernt.

51. Der Schatz auf dem Hausen.

Wenn der Hausen ein verwünschtes Schloss ist, so liegt auch ein Schatz in ihm und zwar ein großer. Das ist kein leeres Gerede, sondern hat sich schon oftmals bewiesen. Denn die Großmutter der noch lebenden verwitweten Schulz L. aus Rauschen diente als Mädchen in German und ward von ihrem Herrn mit einem Knechte auf den Hausen Pilzen suchen geschickt. In dem dicken Gestrippe verloren sich beide gar bald von einander. Auf einmal gewahrte der Knecht einen großen Haufen Gold, der im klaren Sonnenscheine herrlich wiederglänzte, ganz offenbar vor sich liegen. Im Ringe herum streckte sich ein schwarzer dicker Wurm, doch reichte er nicht völlig aus, sondern ließ zwischen Kopf und Schwanz noch etwa eine Spanne frei. Der Wurm sah den Knecht immer so an, als wollte er sagen:

»Nömm doch det Gölt! Nömm doch det Gölt!« (Nimm doch das Geld) bis dieser endlich der Lust nicht mehr widerstehen konnte, sein Pilzenkörbchen an die Stelle des Schatzes, welche der Wurm nicht umschlang, ansetzte und es ganz voll scharrte. Für den Knecht war's schon sehr viel, für den Schatz sehr wenig, denn ihm war gar nicht anzusehen, dass was genommen sei, und der Wurm sah noch eben so luchtern aus. Da besann sich der Knecht nicht lange, zog schnell sein Oberhemde aus und sackte es auch noch voll. Nun konnte er aber nicht mehr fortschleppen und dachte: das arme Mädchen hat noch nichts bekommen, du sollst sie rufen, damit sie sich den Rest aufladet. Kaum aber fing er an, seine Begleiterin zu erschreien, so erhob sich ei» Sausen und Brausen auf dem Berge, dass seine Stimme kraftlos verhallte, und aus den dicken Wolken kreischte es immer zu ihm herab:

»Schöd uth det Gölt! Schöd uth det Gölt!« (Schütt' aus das Geld). Darüber erschrak der Knecht heftig, und nachdem er eine Weile bald sein Geld, bald die Wolken angeglotzt hatte, ließ er alles den Henker holen und spickte das Geld aus dem Körbchen und dann aus dem Oberhemde auf den Haufen zurück.

Augenblicks war der Sturm vorüber, der Wurm senkte sich mit seinem Schatze in den Berg und über ihm schloss sich die Erde wieder zu; die Sonne sing lieblich an zu scheinen und auch das Mädchen konnte das Angstgeschrei des Knechts vernehmen. Freilich half es jetzt nichts mehr, dass sie hinzulief, denn der Schatz war fort und nur wenige Geldstücke, die außerhalb des Schlangenringes niedergefallen waren, lagen noch da. Hätte der Knecht das Geld weit ausgestreut, so würde er mehr behalten haben.

Später ist viel nach dem Schatz gegraben, aber man hat nichts gefunden. Nur ein Knecht hat noch einst ein golden Geräte dort entdeckte. Er siel nämlich, als er den Hausen bestieg, wie über einen Wachholderast, aber genau besehen war es ein köstlich Jägerhorn, wie es die alten Heiden wohl besessen haben mögen, mit zierlichem Bande. Er nahm es auf und lieferte es dem Amte ab, von wo es nach Berlin gesandt sein soll.

52. Der kleine Hausen.

Der kleine Hausen liegt im Königl. Forste Warnicken und zwar gerade in dem Gestelle, welches auf das Försteretablissement Wilhelmshorst von Georgswalde her führt. Er ist noch völlig verstraucht und unwegsam, so dass ihn selbst der Fußgänger nur mühsam an einer Stelle erklettert.

Der Vater des Bauerwirts W. aus Klein Dirschkeim ging einst mit mehreren Knechten auf den nicht fernen Berg nach Kienholz. Dort kamen ihnen zwei schwarz gekleidete Frauen vorbei und fragten: »Wer da?« – »Gutfreund!« antwortete der alte W. »Was für Gutfreund?« – »Brandenburger!« Auf dieses Wort kreischten die Frauen auf und verschwanden. Darauf kamen zwei schwarze Herren. Da sie schweigend vorüberzogen, fragte der alte W., ob er den Damen nicht gut geantwortet habe. »O ja!« sagten die Herren und verschwanden ebenfalls, ohne sich ferner noch zu zeigen.

53. Der Ziegenberg.

Neben dem Dörfchen Ziegenberg liegt ein gleichnamiger Hügel, der zuerst langsam, dann auf Ein Mal schnell und steil aussteigt, und sich endlich oben abplattet. Auf dieser Platte liegt ein gewaltiger Stein, groß und glatt wie ein Tisch, rings aber so gebildet, als ob Männer um den Tisch säßen und Tabak rauchten. Was es mit diesem Steine für eine Bewandtnis habe, weiß man nicht, dagegen wohl, dass auf dem Ziegenberge einst eine herrliche Burg stand, und jede Ostern am ersten heiligen Tage eine schöne Jungfrau aus ihr herniederstieg, um sich im Mühlteiche zu waschen.

Einst ging eine Bauerfrau gerade nach Fischhausen zum Jahrmarkt und grüßte das Burgfräulein, als sie durch Ziegenberg eilte, mit schweigender Ehrfurcht. Das Fräulein aber ließ sie nicht kalt vorüber, sondern trat freundlich auf sie zu, und da sie erfuhr, dass in Fischhausen Markt wäre, bat sie, die Bauerfrau möge ihr auch ein Stück Leinwand mitbringen, doch um Alles in der Welt nicht um den Preis dingen. Die Bäuerin versprach's, und ging fürder bis sie mitten auf dem Markte stand. Da fiel ihr die Kommission ein. Ei! dachte sie, das ist wohl nur ein solch adliger Dünkel, geradezu das Geld fortzuwerfen, oder sie dachte es auch nicht und wollte vielleicht einen kleinen Vorteil für ihre Mühe haben – kurz sie fing um die Leinwand zu dingen an, und zog der Händlerin einige Groschen ab. Als sie nun wieder durch Ziegenberg kam, schwebte das Burgfräulein in engelholder Freundlichkeit herab, aber als sie den Kauf sah, rief sie bestürzt: Auf ewig, auf ewig verdammt!« und entschwand.

54. Der Schatz auf dem Kleinen Gebirge.

Das sogenannte Kleine Gebirge, an dessen Fuß. Wange und unweit davon Wartnicken liegt, bietet dem Wanderer eine herrliche Aussicht, hat aber einen noch köstlichem Inhalt.

Vor alten Jahren sahen dort Bauern einen großen Braukessel voll Geld stehen. Sie legten Stangen ein und hoben ihn. Als er schon beinahe ganz oben war, sprach aber einer von ihnen, und in demselben Augenblicke war's, als wenn jemand, der aber nicht zu sehen war, mit einem großen Possekel (Hammer) hineinschlug. Die Stangen entsielen ihren Händen und der Schatz versank. Hätten sie nur ein Stück Stahl oder wenigstens ein Messer, an welchem Stahl ist, hineingeworfen, so hätte der Kessel oben bleiben müssen.

Jedoch hat das Versehen nichts zu sagen, denn das Gold muss sich reinigen und der Schatz wird wieder brennen, hat auch schon wieder einmal gebrannt. Zwei Bauern ritten gerade vorüber und sahen die Lohe, lenkten auch gleich nach der Stelle ein, sprachen aber wieder unterwegs und die Flamme erlosch.

55. Der Pilberg bei Kraam.

Die reizende Schlucht zwischen Kraam und Plinken wird die Hölle genannt. Aus ihr erheben sich der große und der kleine Pilberg. Da die Schlucht zum Teil mit hohen Bäumen und dichtem Gesträuppe besetzt ist, so dürfte man die unbedeutenden Hügel ohne Führer schwerlich auffinden, und aus demselben Grunde lassen sich die Wälle, von denen der große Pilberg umgeben sein soll, nicht wohl übersehen. Die einzelnen Erhöhungen scheinen jedoch eher der willkürlich schaffenden Natur, als Menschenhänden ihr Dasein zu verdanken. Jedenfalls kann auf dem Pilberge keine Beste gestanden haben, indem seine obere Fläche nur sechs Schritte im Durchmesser haben mag. Doch über alle Schwierigkeiten setzt sich die Sage hinweg.

Der Pilberg ist ein verwünschtes Schloss gewesen. In den schlechten Stunden von elf bis zwölf Mittags hat sich auf ihm früher eine Frau gezeigt und ihr Haar im Sonnenscheine geschlichtet. Sie hat die Hirten oft gebeten, sie anzufassen, und versichert, dass ihnen kein Leid geschehen solle. Doch wer sie anfasse, möge sie auch ja fest halten und kein Wort sprechen.

Ein dreißigjähriger Junge, welcher noch zum Hüten des Viehs gebraucht wurde, nahm einmal alle seine Courage zusammen und erfasste die Hand der Burgfrau. Da kam ihm allerlei Blendwerk vor. Bald war's, als wenn ihn Hunde beißen, bald als wenn ihn Pferde überlaufen wollten. Dennoch hielt er die Frau fest, aber in großer Angst drängte sich der Seufzer »Herr Gott, Herr Jesus!« aus seiner Brust. Gleich war sie von seiner Hand los, weinte und klagte sehr, dass sie nun auf ewig verloren sei, und verschwand.

Seitdem ist sie nicht mehr erschienen, aber der Böse treibt nun dort sein Wesen.

56. Der Schatz auf dem Pilberge.

Gewiss ist da ein Schatz verborgen, wo ein Haselbusch Wispen trägt. Bei Birken, Kirschen und Linden sind sie häufig, dagegen höchst selten und wunderbar bei Haseln. Sie wachsen nämlich schnurstracks aus dem Stamme, haben Weidenblätter und tragen dazwischen herrliche Beeren.

Es mögen zehn oder zwölf Jahre her sein, als in der Hölle ein Haselstrauch stand, welcher eine Wispe trug. Diese Wispe hatte Beeren so groß wie eine kleine Nuss und klar und glänzend wie Silber. Zwei Instleute aus Kraam G. und E. gingen eines Sonntags zwischen elf und zwölf, so recht während der Kirchzeit, den Schatz graben. Sie hoben den Haselbusch aus und durchwühlten die Erde. Da kam ihnen zuerst ein Hase, der lahm war oder gar nur drei Füße hatte, in die Quere gelaufen; sie waren ganz still und gruben weiter. Dann aber kam ein schwarzer Hund – das soll der Wächter des Schatzes gewesen sein – mit nachschleppender Kette auf sie zu. »Ui!« schrie einer der erschrockenen Instleute, und sogleich waren Hund und Schatz fort; denn sie hatten diesen schon gefühlt und mit dem Spaten bestoßen können.

Für dies Mal war's also vorbei, aber die Dorfjungen warfen den Haselstrauch wieder ins Loch und das andere Jahr war er wieder ausgegrünt und trug wieder die silbernen Beeren. Dieselben Instleute gingen nun nochmals hin und haben den Schatz wirklich gehoben, mussten aber noch gewiss eine Manneslänge tiefer graben, als früher.

Wie viel Gold sie gefunden, haben sie sich wohl zu sagen gehütet. Auch weiß man nicht, wohin sie es getan, denn sie waren arm und blieben arm. Im folgenden Jahre starben sie beide um dieselbe Zeit, da sie den Schatz gehoben.

Seitdem hat sich nichts mehr gefunden, obwohl der jetzt noch lebende Sch. aus Plinken gewaltig gegraben und die herrlichen Eichen grausam unterminiert hat. Doch ist ihm jetzt ein alter Mann erschienen, der ihm gesagt, dass er über drei Jahre den Schatz heben und dann für sein ganzes Leben überreich werden solle.

57. Der Geist vom Pilberge.

Der Geist vom Pilberge ist noch jetzt sehr gefürchtet; denn wenn er sich zeigt, so hat's nichts Gutes zu bedeuten und mag sich jeder in Acht nehmen. Ein Junge, welcher von Kraam aus nach dem Pilberge Vieh zu hüten geschickt wurde, hat ihn in der Gestalt eines Pferdes ohne Kopf immer rund herum reiten und dann in der Mitte des Berges versinken gesehen.

Auch bleibt sein unsichtbares Wirken nicht ohne Zeichen. Denn eines Tages hat man die Baumstämme auf dem Pilberge in der Höhe von zwei Fuß geknickt und über Kreuz gebogen gefunden, ohne dass eine Menschenhand dabei tätig gewesen, oder jemand wüsste, wie der Verhau entstanden sei. .

58. Der Pilberg bei Lapsau.

Auf dem Pilberge bei Lapsau, einem Gute nicht weit von Königsberg, hat in früherer Zeit ein Schloss gestanden, und neben dem Schlosse eine kleine Kapelle. Aber da sind die Leute immer gar gottlos gewesen und haben beim Gottesdienste gelacht. Das konnte so nicht lange gehen und in der Nacht um zwölf Uhr entstand ein Erdbeben und das Schloss versank. Am nächsten Morgen war der Berg leer und nichts mehr von dem Schlosse zu sehen. Nur die Orgel hört man noch jetzt spiele^, wenn man sonntags um 12 Uhr den Berg besteigt. Wie es aber sonst dort aussehen mag, das hat man lange nicht gewusst, bis endlich ein Hirtenknabe seine Schweine über jenen Ort forttrieb, und eins in eine tiefe Grube fiel. Er ging ihm nach und brachte es glücklich heraus. Er hatte bei dieser Gelegenheit den Eingang in den Berg gefunden und konnte nun den Leuten erzählen, dass die Pferde in dem versunkenen Schlosse wie Fleisch fressende Hunde ausgesehen hätten und hätten an einem großen Klotze gestanden, auf welchem das Fleisch lag. Die Menschen aber sind ganz schwarz gewesen.

59. Der Schlossberg.

Der Schlossberg liegt bei Kleinteich, einem Teile des Dorfes Rauchen. Er ist eigentlich nur ein Vorsprung der Höhen, welche Rauschen von der Seeseite umschließen, halbrund, fast ohne Gesträuch, mit glattem Heidekraut bewachsen.

Auf ihm soll früher ein großes Schloss gestanden haben, aber schon lange versunken sein. Nur haben die Vorfahren noch mit eigenen Augen gesehen, wie eine Prinzessin alle Tage Mittags zwischen elf und zwölf Uhr herausgetreten ist und sich die goldgelben Haare in einem goldenen (messingnen) Troge gekämmt hat.

60. Der Hünenberg.

Der Hünenberg bei Eckritten soll früher zu den heiligen Bergen gehört haben, auf welchen die heidnischen Preußen ihren Göttern opferten. Jetzt ist dort viel Spuk und Gespensterwerk, auch zeigt sich eine Frau.

Ein Bauer hatte viel von dieser gehört und ritt auf den Berg, um sie zu sehen. Er sah sie auch wirklich, wie sie sich gerade die Haare kämmte, machte aber sogleich Kehrt, und ließ sich nur durch ihre Bitten bewegen noch einmal umzuwenden. Sie redete ihn gar freundlich an und gab ihm etwas, was sie sich aus den Haaren ausgekämmt hatte. Ängstlich dankte der Bauer, steckte das Geschenk in die Tasche und ritt ab; aber als er kaum aus ihren Augen war, warf er es fort. Er hätte es lieber behalten sollen, denn zu Hause fand er noch einige Goldkörner, welche in den Ecken der Tasche zurückgeblieben waren.

61. Der Schatz auf dem Hünenberge.

Ein anderer Bauer sah auf dem Hünenberge einen großen Braukessel mit Gold gefüllt. Als er den Schatz zu heben versuchte, kamen von fern her zwei schwarze Hunde angelaufen. Anfangs ganz klein, wurden sie, je näher sie kamen, immer größer und größer, bis der Bauer vor Angst fortlief.

62. Der Goldberg.

Der sogenannte Goldberg liegt bei Klein Hubnicken. An ihm hütete der Wirth W. aus Rauschen einst seine Pferde. Als es dunkel geworden, sah er eine hohe Glut und Lohe von dem Berge aufschlagen. Er erkannte sogleich, dass dort ein Schatz brennen müsse, denn er war wohl erfahren im Heben und in den Anzeichen des Schatzes, und ging spornstreichs drauf los. Als er aber an den Berg kam, konnte er durchaus nicht vorwärts gehen, sondern musste immer rückwärts treten. Alle seine Anstrengung half nichts, er kam und kam und kam nicht weiter. Da fing er an zu fluchen und das Feuer erlosch natürlich im Nu.

Der Schatz muss doch wohl für ihn nicht bestimmt gewesen sein.

63. Der Messingstrog.

Bei Klein Dirschkeim ist ein Graben, welcher der Messingstrog heißt, weil in ihm wirklich ein messingner Trog liegt. Die Bauern hatten denselben einmal schon weit herausgezogen. Da kamen Chaisen sausend vorbeigeflogen, da liefen Pferde und Menschen, zuletzt alles ohne Kopf umher, aber die Bauern muckten nicht. Endlich rief es von allen Seiten: »Packt den Kahlkopf, packt den Kahlkopf!« Da erschraken die Bauern gar heftig, denn einer von ihnen hatte wirklich einen kahlen Kopf, und sie liefen von dannen.

64. Das Braukesselloch.

Bei Kl. Hubnicken war ein großes Braukesselloch, drin stand ein geraumer Braukessel voll Geld. Als die sechs dortigen Wirte solches Glück merkten, besprachen sie sich, dass sie nicht erschrecken, auch nicht reden, sondern den Schatz heben wollten. Sie legten ihre zwölf besten Pferde vor und zogen den Kessel aus dem Loche. War's früher ruhig gewesen, so ging es jetzt desto bunter zu. Da erschienen vornehme Damen und galante Herren und gingen auf und ab spazieren, da kamen eine Menge von Ziegenböcken, die Herren schien sich hinauf, ritten in Sprüngen einher und nahmen die Schwänze in den Mund, damit die Bauern nur lachen sollten. Aber nichts davon. Die Wirte ließen sich gar nicht stören und hatten den Kessel schon ein ganzes Ende über Feld geschleppt. Da trat ein Herr auf einen bei den Pferden beschäftigten Jungen zu und sagte ganz ruhig: »Nun dann wollen wir doch nur diesen schorfigen Jungen nehmen!« – »Mich nicht!« schrie der Junge, und damit fuhr der Braukessel in solcher Hast in sein Loch zurück und versank, dass die Bauern kaum noch Zeit behielten, das Sielenzeug, womit sie die Pferde angelegt hatten, zu durchschneiden.

65. Das Schlangenloch.

Ein Knecht aus einem zu Palmnicken gehörigen Vorwerke ging mit Sense und Harke auf das Feld, um Heu zu ernten. Da gewahrte er in einem Loche einen ganzen Haufen großer schwarzer Schlangen zusammenliegen. Die Schlangen rieseten die Köpfe immer hoch in die Höhe und beugten sich. Eine Weile sah er das Ding an, dann aber fiel's ihm ein: »du sollst doch einmal drunter hauen, Gott geb', du schlägst einen Molch entzwei!« Gedacht, getan. Er schlug mit der Harke tüchtig hinein und zog das Kreuz aus (den Knäuel, in den sich die Schlangen verwickelt hatten, von einander). Da war's gerade so, als wenn alle über ihn zusammenstürzten, und er trollte eilig, wie er konnte, davon. Auf einmal blieb er stehen, ärgerte sich über seine Feigheit und marschierte zurück. Alles war schon verschwunden, jedoch fand er noch an der Stelle, wo er das Kreuz ausgezogen hatte, einige Geldstücke, neu und blank, als wenn sie eben aus der Münze gekommen wären.

66. Schätze in Rauschen.

Rauschen liegt an einem ausgedehnten Mühlenteich und ist mit ihm auf beiden Seiten von Hügeln eingeschlossen. Auf den Hügeln, gerade über dem Dorfchen, stand früher da, wo der Teich eine Bucht, den sogenannten Kunz-Winkel bildet, eine Eiche, von der aus die meisten Ansichten dieses Strandortes aufgenommen sind. Um jene Eiche hat vor etwa zwanzig Jahren ein Schatz gebrannt. Das Feuer loderte erst spät des Abends auf. Seine Flamme war so blau, als wenn man Branntwein anzündet, und leckte weiter an dem glatten Hewekraute des Bodens umher. Die Altsitzerwitwe G. aus Rauschen hat es mit eigenen Augen eine lange Weile gesehen, dann hat sie ein Grauen überfallen und sie ist zu ihren Hausgenossen ans Kamin geeilt. Ängstlich saß sie dort und verstummt, bis sie die Erscheinung endlich verriet, aber es war vom Feuer nichts mehr zu sehen.

In dem Garten des Schneiders L. in Rauschen hat nur noch vor sieben Jahren ein Schatz gebrannt. Die Frau aber, welche allein zu Hause war, hat ihn nicht zu heben versucht.

67. Der Rauschner Kirchsteig.

In Rauschen wohnte früher ein Teufelskerl. Der soff sich einst tüchtig im Kruge voll und ging dann auf den Kirchsteig nach St. Lorenz, welcher sich die gegenüberliegenden Berge hinaufschlängelt. Oben lag ein großer schwarzer Bull vor einem gewaltigen Kessel. Der Kessel stand auf einem Dreifuße, unter dem Dreifuße lagen viele Kohlen und der Bull rührte immer drin. »Gilt meiner mit?« fragte der Teufelskerl. »Ja«, sagte der Bull. Als der Bauer das hörte, beugte er sich, zog sein Hemde hervor und scharrte einmal von den Kohlen hinein; dann kniete er sich nieder und scharrte abermals. »Nimm den dritten mit, nimm den dritten mit!« brüllte der Bull. »Nein, den will ich nicht!« antwortete der Bauer und ging seiner Wege.

Hätte er den dritten genommen, so hätte ihm der Böse den Kopf umgedreht, jetzt aber wurde er sehr reich, denn die Kohlen waren des andern Tages alle zu Geld geworden.

Der Kirchsteig ist auch sonst nicht geheuer und die Bauern sind öfter einem Manne ohne Kopf dort begegnet.

Die Frage soll bedeuten: ob er auch Kohlen nehmen könne? Nähere Aufklärung konnte der Erzähler dieser Sage nicht geben.

68. Der Rosenbusch bei Romehnen.

Ein Bauer aus Pr. (Groß) Battau fuhr nach Hause. Seine Pfeife hatte er ausgeraucht und kein Feuerzeug, um sich eine neue anzuzünden. Als er nach Romehnen kam, sah er an dem s. g. Rosenbusche ein großes Feuer angeschürt. Hirtenfeuer konnte es nicht sein, denn es war schon spät im Herbste und konnte nicht mehr draußen gehütet werden. Ihn überlief ein Schauer, denn er gewahrte, dass ein ganz schwarzer Mann bei der Glut lag. Indes trat er doch endlich hinzu und erbat sich die Erlaubnis, seine Pfeife anzünden zu dürfen. »Es sei dir vergönnt!« ließ sich der grausige Mann vernehmen. Der Bauer kehrte also seine Pfeife um, klopfte die Asche aus und mit ihr fiel auch ein alter Kreuzgroschen ins Feuer, den er als Boden in den schlechten hölzernen Pfeifenkopf gelegt hatte. Ohne davon etwas zu merken, stopfte er sich wieder die Pfeife, zündete sie an, und sprang auf den Wagen.

»Wohin willst du?« grunzte der Schwarze.

»Nach Hause!«

»Nun dann nimm nur erst das wieder mit, was du ins Feuer geworfen hast!«

Der Bauer erschrak heftig, er dachte nur an die Asche, welche er aus der Pfeife geschüttet hatte, und da es doch unmöglich war, diese aus der Glut wieder herauszusuchen, so bat er den Herrn kläglich, ihn ruhig ziehen zu lassen. Der Herr bestand aber hartnäckig auf seinem Begehren. »Nun so muss ich alles mitnehmen!« entgegnete der Bauer, »denn aussuchen kann ich Asche aus Asche nicht.« – »Mach' es wie du willst!« endete der Herr. Das Feuer war unterdes ausgegangen, die Kohlen erloschen, von seinem Wagen holte der Bauer große Säcke, füllte sie alle mit den Kohlen an und fuhr dann ungehindert fort. Die Kohlen, welche besonders schön und glatt waren, wollte er anfangs an den Schmidt seines Dorfes verkaufen, auf dem Wege fiel ihm aber wieder ein, dass die Nachbarn ihn ausgecken würden, wenn er mit einer Fuhre Kohlen ankäme, und er schüttete daher in einen Busch bei Klicken alle Säcke aus. Doch wie sehr gereute ihn dieser Übermut, als er nach Hause kam und sah, dass die in den Säcken noch zurückgebliebenen Kohlen Stückchen Geld geworden waren. Er zog sein schnellstes Pferd aus dem Stalle, jagte nach dem wohlbekannten Strauche, wo er die Kohlen abgeworfen hatte, aber da war nichts mehr zu finden. Er musste sich also mit dem begnügen, was in den Säcken war, und da fand er noch 30 bis 40 harte Talerstücke und mitten drunter seinen Kreuzgroschen.

69. Die Goldkohlen.

Eine Magd aus Kl. Hubnicken sollte Nachts Herdfeuer machen, sie hatte aber keinen Zunder vorrätig und weinte sehr«, wie sie's anstellen sollte. Da sie sich so betrübte, sah sie zufällig zum Fenster hinaus auf dem Felde eine starke Glut. Schnell war sie entschlossen, sich von dort einige Kohlen zu holen, und eilte mit einem Küchentopfe dahin. Bei dem Feuer lag ein schwarzer Herr und nachdem sie ihn höflich um Erlaub gebeten und solche erhalten hatte, scharrte sie ihr Töpfchen voll, und lief froh nach Hause. Die Kohlen waren aber, als sie mit ihnen Feuer machen wollte, alle tot. Ängstlich ging sie zum zweiten Male an die schaurige Glut und nahm sich Kohlen. »Nun komm nicht mehr wieder!« rief der Herr mit drohender Stimme. Da rannte sie schnell nach Hause und da, wie das erste Mal, auch jetzt an den Kohlen kein rotes Fünkchen geblieben war, obwohl sie sich die glühendsten ausgesucht hatte, weckte sie den Hausherrn und dieser fand, dass die Kohlen lauter Gold waren.

Der Ungerechte nahm alles und gab der armen Magd, die ihm den Reichtum verschafft hatte, nichts.

70. Das Kalb.

In dem Garten, welcher jetzt dem Rauschner Wirth H. gehört, stand früher auf dem höchsten Berge das Haus des längst verstorbenen Wirths K. In diesem Hause ward es nachts oft so helle, als wenn Stellen des Fußbodens in Feuer ständen. Besonders glühte die Küche und der ganze Schornstein bis oben hin. Dabei lag dann immer ein Kalb.

Die K.'schen Eheleute und ihre Einwohnerin haben diese Erscheinung zwar bemerkt und oft erzählt, aber nie getrauten sie sich aus dem Bette aufzustehen und die Sache näher zu untersuchen.

71. Der schwarze Hund.

Bei Gr. Dirschkeim arbeitete sich einst nachts ein großer und schwerer Kasten, dass es prasselte, über die Erde. Ein schwarzer Hund legte sich dabei. Da der Hund schlief, so sprang ein Knecht, der den ganzen Spektakel mit angesehen hatte, flugs zu, öffnete sein Taschenmesser und steckte die Spitze desselben zwischen Kasten und Deckel. »Du sollst doch einmal sehen, was daraus werden wird!« dachte er bei sich und kroch auf einen nahestehenden Kruschkenbaum. Der Hund schlief noch immer ganz fest, aber als der erste Hahn krähte, stand er auf, rüttelte sich und lief unruhig und verwundert um den Kasten. Endlich ward er wild und flog auf, gerade über den Baum hin, wo der Knecht drauf saß, bewarf ihn ganz mit Läusen und rief: »Mn hast du Geld genug, nun hast du aber auch Läuse genug!« Der zwiefach gesegnete Knecht lief nach dem Amte, welches damals noch in Gr. Dirschkeim war, und zeigte den Vorfall dort an.

Hoch erfreut legten die Wirte ihre Pferde vor den Kasten. Indessen handelte der Knecht mit ihnen, welchen Anteil er an dem Schatze haben sollte. Er wollte die Hälfte haben, die Wirte wollten ihm aber gar nichts zukommen lassen. Lange stritten sie hin und her, bis der Knecht in Wut geriet, das Messer aus dem Kasten zog, und dieser so schnell versank, dass die Wirte Gott dankten, als sie wenigstens ihre Pferde gerettet sahen.

72. Die beiden Brüder.

Von zwei Brüdern war der eine reich, der andere arm. Der Arme träumte drei Nächte hintereinander: er solle unter einen bestimmten Busch gehen, und werde dort einen großen Schatz finden. Seine Frau redete ihm oft zu, dem guten Geiste zu folgen, er aber meinte immer:

>»Was Gott mir einmal zugedacht,
>Das wird mir auch ins Haus gebracht.«

Sein Bruder dagegen, welchem er die Träume mitgeteilt hatte, ward von Tage zu Tage aufmerksamer, und als sich der Traum zum dritten Male wiederholte, ging er an den bezeichneten Busch und fand – einen toten Hund. »Warte, « dachte er, »dir werde ich doch wieder einen Possen spielen!« denn anders konnte er's sich nicht erklären, als dass sein Bruder ihn zum Narren gehabt hätte. Er packte sich also den Balg auf und warf ihn durch das Fenster in seines Bruders Stube, dass die Rauten zersprangen. Dieser fuhr aus dem Bette auf und stehe da, es lag ein großer Sack Geld vor seinem Bette. Früh morgens trat der kleine Junge des Armen in die Wohnung des Reichen und bat um eine Metze, weil sein Vater etwas messen wolle. Der Reiche gab zwar das Maß, wunderte sich aber schon höchlich, dass sein Bruder etwas zu messen habe, und noch höher stieg sein Erstaunen und sein Ärger, als er in den Ecken der zurückerhaltenen Metze noch Geld entdeckte und hören musste, dass er selbst seinem Bruder den Geldsack durch das Fenster geworfen hatte. Er hängte sich auf und das schöne Gut, welches er hinterließ, siel ebenfalls an den schon überglücklichen, früher so armen Bruder.

73. Der Pflug.

Der Wirth P. aus Kl. Kuren hatte ein Stückchen Kartoffelacker auf einem zu Gr. Kuren gehörigen Felde gemietet. Seine beiden Jungen spielten dort. Sie nahmen einen Spaten, banden einen Strick an dessen Stiel, und während der eine sich vorspannte, führte der andere den Spaten, als ob er einen Pflug vor sich hielte. Kaum hatten sie einmal gezogen, als ein Topf mit Kohlen zum Vorschein kam, nur tote Kohlen, aber sie glänzten wie die schönsten Steinkohlen. Die Knaben ergötzte der Schimmer und Flimmer, und der ältere steckte ein paar davon in die Tasche, um sie seinem Vater zu zeigen. Als er sie aber später herausziehen wollte, fand er nicht mehr die Kohlen, sondern lauter Achtzehner-Stücke. Der Vater forschte sogleich nach dem Orte, wo die Knaben gespielt hatten, und grub nach, konnte aber nichts mehr entdecken.

74. Der Fluch.

Ein armer Handwerksgesell übernachtete in dem Stalle eines reichen Bauers. Des Nachts kam dieser mit einem großen Sacke Geld, verscharrte ihn nur ganz leicht in dem Erdboden, sprach aber den Fluch dabei aus:»Nur der soll's finden, der's mit zwei schwarzen Hähnen auspflügt.« Der Bauer starb bald, der Gesell warb um seine Tochter und da er ein schmucker Bursch war, bekam er sie zur Ehe. Gleich sing er an, sich einen kleinen Pflug zu schnitzen, und wenn ihn die Frau lachend fragte: was er damit wolle? so entgegnete er, dass er der Ackerwirtschaft noch unerfahren sei, und sich zuerst im Kleinen üben wolle. Als er aber den Pflug fertig hatte, schaffte er sich ein paar kohlschwarze Hähne an und pflügte das verwünschte Geld sehr leicht aus, obwohl er früher unendlich tief darnach gegraben und nichts gefunden hatte.

75. Die Rudauer Glocke.

1. In der Kirche zu Rudau ward eine neue Glocke aufgebracht und Anna Susanna getauft. Als sie aber eingeläutet werden sollte, sang sie:

Eher ich Anna Susanna soll heißen,
Lieber will ich mich im Mühlteich ersäufen!

und fuhr aus dem Turme in den nahen Teich. Obwohl Leute nach ihr fischten und sie schon ziemlich über Wasser hatten, entfiel sie ihnen wieder und versank noch tiefer als früher.

2. Als die Glocke in Neuendorf Anna Susanne getauft werden sollte, ertönte sie denselben Vers, indem sie nur statt des Mühlteichs den ihr näheren Pregel wählte.

76. Die Kirche in Heiligen Kreuz.

1. Die Kirche in Heiligen Kreuz liegt so hoch, dass man von dem Kirchhofe aus einen freien Blick über die ebene, freilich höchst wilde Umgegend hat. Der Blitz ersah sie schon oft zu seinem Ziele und verletzte sie noch vor Kurzem höchst bedeutend. Einmal aber hatte er sie in Grund und Boden geschlagen. Die Gemeinde hatte wenig Lust, die Kirche auf dem Unglücksplatze nochmals zu errichten, sondern wählte einen Hügel, welcher unweit H. Kreuz, auf dem Wege nach Katzkeim liegt und der Haberberg genannt wird. Wenn die Leute indessen Bauholz an einem Tage dorthin gefahren hatten, so fanden sie's am folgenden Morgen schon wieder in Kreuz.

Dies nahmen sie für einen göttlichen Wink, erbauten die Kirche wieder an der alten Stelle und hießen den Ort deshalb Heiligen Kreuz.

2. In einem chronikartigen Berichte, der unter den Akten der Kirche in Heiligen Kreuz aufbewahrt wird, und der aus dem Jahre 1734 stammt, kommt folgende Stelle über den Ursprung derselben vor:

»An vielfältigen Traditionen zwar fehlt es nicht, indem alte Leute erzählen, von ihren Voreltern gehört zu haben, dass die Kirche zuerst hätte sollen auf dem Barbadischen Felde (?) nicht weit von der See, andere sagen auf dem Berge gegen Biskubnicken erbauet werden, dahin denn auch schon das Holz wäre beigeführt worden. Allein sie hat nicht allda stehen wollen, sondern was die Zimmerleute des Tages aufgeführt und gebauet hätten, das wäre in der folgenden Nacht hieher gekommen, wo sie jetzo stehet. Und was einige von diesem Bauholz sagen, das sagen andere hinwiderum von einem kleinen lichten Kreuz, welches des Nachts hier an der rechten Stätte soll geleuchtet haben. Einige wollen auch etwas von einem Sigeierglöckchen auf gleiche Weise sagen.«

Von dem Sigeierglöckchen scheint dem Volke nichts mehr bekannt zu sein. Dagegen erfährt man die Sage, wie der Teufel das Bauholz von dem sogenannten Haferberge nach der jetzigen Stelle der Kirche getragen habe, leicht von Jedermann. Von dem Kreuze wurde in Palmnicken erzählt, es sei von dem Meere an das Land gespült und bis zu der Stelle, wo die nach demselben benannte Kirche steht, also einen Weg von beinahe einer Meile, gewandert.

77. Die Kirche von St. Lorenz.

Etwa 80 Schritte von dem Wege, welcher von St. Lorenz nach Kraam an Pokirben vorbeiführt, liegt der f. g. Schanzenberg. Er besteht aus einer Umwallung von 160 Schritten im Umkreise, welche einen kleinen tiefer liegenden Platz einschließt, ist jetzt mit kräftigen Eichen bestanden, soll aber früher eine Schwedenschanze gewesen sein.

Hier hat die Kirche von St. Lorenz erbaut werden sollen, aber der Teufel hat die Bausteine nachts ausgehoben und stets nach dem eine Viertelmeile abliegenden Lorenz geworfen. Da der Böse auf diese Weise den Fortgang des Baues durchaus hinderte, so hat man ihm nicht allein sein Recht gelassen, sondern auch seiner Weisung gemäß die Kirche in St. Lorenz errichtet.

Andere erzählen diese Sage ganz so, wie die vorstehende von der Kreuzer Kirche, ohne des Bösen zu gedenken; so viel aber ist gewiss, dass er den Schanzenberg besitzt und vie ganze Pokirber Gegend durch Spuk belästigt.

78. Der Gardwinger Grund.

1. Zur Zeit als der Teufel noch auf Erden wandelte, lebte eine eitle Dirne in Gardwingen bei Pobethen. Nur denjenigen wollte sie heiraten, der ihr ein rotes Mieder zum Brautgeschenke verehren würde. Bald erschien auch ein stolzer Freier, übergab ihr das verlangte Geschenk und empfing ihr Ja. Der Herr Bräutigam gab schon vor der Hochzeit die tollsten Streiche an, aber erst, als er den Reigen am Festtage anführte, sahen die Musikanten, dass er einen Ochsenfuß (oder Pferdefuß) hatte, und fielen schnell mit dem schönen Liede ein: Gott Vater sende deinen Geist u. s. w. Dem Teufel behagte das Lied nicht, er verließ die Braut, kroch in die Ofenröhre, warf Kluten

über Kluten hinaus und blies so gewaltig, dass die ganze Hoch-
zeitsgesellschaft abzog. Das frohe Haus ward bald leer, nur die
Familie blieb zurück und das neue Familienglied – der Teufel, in
der Röhre. Von dort her belästigte er die armen Leute entsetzlich.
Sie konnten keinen Bissen genießen, den er nicht vorher beworfen
hatte. Da half kein Beten, kein Bannen, denn alle Pfarrer der Umgegend konnten ihm nichts anhaben, weil sie selbst Schurkenstreiche
begangen hatten. Nun war damals ein sehr frommer und ehrwürdi-
ger Greis Pfarrer in Pobethen oder Cumehnen, Bettsademit Namen,
und nach ihm wurde endlich auch geschickt. Als der Böse den Wagen desselben auf den Hof rollen hörte, frohlockte er in seiner Röhre
und rief: »Hoho da kommt der alte Bettfade, den werde ich auch
noch kriegen!« Kaum dass der Pfarrer die Stube betrat, schrie er ihm
auch schon entgegen: »Was willst Du? Du hast ja schon als Kind
gestohlen! Nahmst Du nicht die Semmel aus der Brodbude?« Der
alte Pfarrer aber machte ein gar ernstes Gesicht und entgegnete:
»Als ich ein Kind war, tat ich wie ein Kind, als ich aber ein Mann
ward, legte ich die Kindheit ab, und der liebe Gott hat mir die Ju-
gendsünden längst vergeben.« Da hub er an sich mit dem Teufel zu
streiten. Zwar warf ihm dieser noch vor, dass er einst eine Garbe
von fremdem Felde im Vorübergehen abgestreift habe, der Pfarrer
ließ aber nicht ab. Da der Teufel sich in der Röhre nicht länger halten konnte, bat er den Pfarrherrn gar demütig, dass er ihm erlauben
möge, in eine tote Sau zu fahren, welche an dem und dem Erlenbusch läge. Der Pfarrer wollte sich aber erst überzeugen, ob er dem
Satan diesen Wunsch erfüllen könnte, und nötigte ihn mitzukom-
men. Unter dem bestimmten Erlenbusch fand er statt der toten Sau
einen für tot angetrunkenen Mann liegen. Der Pfarrer erschrak ob
der Arglist des Bösen, hieß ihn auf feinen Wagen steigen und fuhr
mit ihm ab. Er fuhr in den Gardwinger Grund und bannte den Bösen hinein.

Dort spukt es auch noch, denn obwohl der Bruch sprindig, verwachsen und überhaupt ganz unwegsam ist, fahren dort oft stattli-
che Chaisen in gestreckter Karriere, in Saus und Braus hin und her.

2. Der Knecht G. aus Pobethen erklärte diese Sage, als sie ihm
mitgeteilt wurde, zwar an sich für völlig wahr, erschrak aber vor
ihrer Entstellung, indem sich die Sache also verhielte:

Der Wirt K. übernahm nach dem Tone seiner Eltern ihr Bauergut in Gardwingen, und wollte, wie das zur vollständigen Einrichtung der Wirtschaft gehört, natürlich nun auch heiraten. Bei seiner Hochzeit sollte seine Schwester Brautjungfer sein, diese wollte sich aber nicht anders dazu verstehen, als wenn sie in einem roten Kleide auftreten könnte. Ihr Bruder bat sie vor und nach Gott davon abzustehen, weil er kein Geld habe, ja weil er gar nicht die Kosten der Hochzeit überleben könne, wenn er ihr ein solches Kleid schaffen sollte. Doch half kein Bitten, kein Flehen, sie tribulierte ihn jämmerlich. Da, nachts als sie in den Federn lag, klopfte Jemand an ihr Kammerfenster; sie öffnete, ihr Liebster stand davor. Die Züge ihres Bräutigams hatte aber der Teufel angenommen, überreichte ihr in hocheigner Person ein rotes herrliches Kleid und sprach: »Da hast du, schmücke dich!« Die Brautjungfer war höchst erfreut, und trat stolz im herrlichen Ornate nach beendeter Trauung die Polonaise an, welche auf jeder Landhochzeit unter Jauchzen und Klatschen begangen wird. Niemand merkte etwas unrechtes, bis die Musikanten entdeckten, dass der Teufel einen Zipfel des roten Kleides erfasst hatte, immer hinter der Brautjungfer einhersprang, und sich lustig machte. Allen anderen war er unsichtbar, aber die Spielleute erkannten ihn ganz sicher daran, dass er einen Ochsen- und einen Pferdefuß hatte. Sie begangen daher das herrliche Lied: »Gott und Vater wohn' uns bei!« Der Teufel wich nicht und wenn er auch sonst nichts hatte, woran er sich halten konnte, so klammerte er sich desto fester an das rote Kleid. Die armen Hausbewohner konnten sich vor ihm gar nicht retten. Sollte angespannt werden, so fehlte der Wagen und stand auf dem Schoppen; sollte das Vieh ausgetrieben werden, so fand es sich endlich im Mittelfach der Scheune und alles Essen lag voll Schweinekot. Kein Pfarrer konnte ihn bannen, bis endlich einer über ihn Macht bekam und ihm so zusetzte dass er sich zu weichen erbot, wenn man ihn mit vier Pferden ohne Köpfe in den Gardwinger Grund fahren wollte. Da Menschenmacht ihm solch ein Fuhrwerk nicht gestellten konnte, so besorgte er es sich endlich selbst und fuhr von hinnen. In dem Grunde stieg er auf einen Stein ab, der die Spur des Ochsenfußes und der Hahnenkralle, wie der Teufel auftrat, deutlich in sich aufnahm.

79. Der Teufel im Gausup.

Der frühere Pfarrer aus St. Lorenz fuhr nach Warnicken. Als er dem Gausup vorbei kam, hörte er ein eigentümliches Sausen und dabei ein Geschrei, als ob jemand in Kindesnöten liege. Der Pfarrer war ein unerschrockener Mann, er ließ den Kutscher halten, stieg ab und ging in den Grund. Da sah er den Bösen wie rasend immer um einen Erlenbusch laufen und jämmerlich zetern. Er fragte ihn sogleich, was ihm fehle, und weil der Böse antworten musste, sagte er: die Schänkerin aus Alexwangen (Alexwangen war damals noch ein Krug) werde heute ihr neugebornes Kind in den Ofen schieben und für das müsse er so schreien. Der Pfarrer hatte daran schon genug, warf sich, ohne ihm zu antworten, in den Wagen und jagte nach Alexwangen zurück, dass die Pferde dampften. Als er in die Krugstube trat, tanzte die Schänkerin noch tüchtig mit, und er dachte schon, dass ihm der Böse dummes Zeug vorgekoset habe, Zur Sicherheit ließ er sich aber noch den Krüger kommen, sprach mit ihm ganz ernstlich über die Sache und hieß ihn, auf die Schänkerin ein wachsames Auge zu haben. Dieser rief ein paar handfeste Kerle und kaum hatte er sie angestellt, als die Schänkerin in die Küche trat, gebar, das Kind auf eine Kohlenschaufel legte und es guter Dinge in den Ofen schieben wollte, der schon in voller Glut stand. Die Wächter aber hielten sie davon ab.

Wäre das Kind von seiner schändlichen Mutter wirklich verbrannt worden, so hätte es der Böse gehabt.

80. Der Teufel lässt sich tragen.

Leute aus dem Gute Trutenau gingen nach Königsberg durch den Wald und bemerkten unter einem Busche ein Schwein liegen, dessen Beine zusammengebunden waren. Sie steckten ihm eine Stange durch die Beine und trugen es der Stadt zu. Aber während des Gehens ward das Schwein immer schwerer und schwerer. Plötzlich lösten sich die Bande, das Schwein fiel zur – – Erde und statt seiner stand der Teufel vor ihnen und warnte sie, künftig etwas anzufassen, was ihnen nicht gehöre.

So ließ sich der Teufel auch einmal als Katze finden und nach der Stadt tragen. Als die Katze immer größer und größer wurde, endlich wie ein großes Kalb, überfiel die Träger gewaltige Angst. Zuletzt wurde gar der Teufel selbst daraus. Er ließ sie aber ungeschoren und verschwand.

81. Teufelssteine.

Dass der Teufel am ganzen Körper glüht und seine Glieder den härtesten Stein erweichen und sich darin abprägen, ist bekannt. Auch im Samlande gibt es viele solcher Steine, welche ihn empfunden haben.

1. An der Abschrägung des Pilberges bei Kraam lag früher ein merkwürdiger Stein, der aber jetzt in die Hölle gefallen und dort im Moraste versunken ist. Er stellte einen Tisch dar. An jeder Seite saß gleichsam ein Kind mit Karten in der Hand, und besonders waren die am Tische anliegenden Arme noch wohl zu erkennen, obgleich der Stein oben schon glatt geworden war. Auf ihm lag ein unberührtes Kartenspiel und waren auch Löcher auf beiden Seiten, in welchen das Geld gelegen haben mag. Es geht das Gerede, dass der Teufel hier mit Kindern dortiger Gegend während der Predigt Karten gespielt hat. Die Kirchgänger haben die Kinder verwünscht, doch der Teufel ist gut davon gekommen.

2. Wenn man von Lapehnen nach Wangkrug kommend vor dem ersten Häuschen rechts in die Trift biegt, so soll an dem Graben links ein Stein liegen, auf welchem der Teufel einmal gestanden und seine Zehen abgedrückt hat, dass die Höhlungen noch erkennbar sind.

3. Bei der Weide, welche die Dorfschaft Kirtigehnen im Warnicker Forst hat, findet man hart am Wege einen Stein, der an einer Seite ausgehöhlt ist, und auf dem der Teufel einmal gesessen haben soll.

4. Viele dergleichen Steine sollen sich auch auf der Palwe von Schlakalken finden, auf denen der Teufel bald gesessen, bald gestanden hat.

5. Jenseits Tenkieten hatte der Vater der verwitweten Schulz L. aus Rauschen eine Wiese. Auf ihr lag ein Stein, an dem der Teufel Karten gespielt hat. Eine Stiefelspur und eine Spur vom Ochsenfuße sind noch ganz deutlich darauf zu erkennen gewesen. Während der Teufel aber stand und spielte, zog ein kleines Gewitter auf. »Hoho«, rief er, »nun ist's Zeit, dass ich mich fortpacke, denn da kommt der

mit der blauen Peitsche!« Der Stein war sehr hoch, und der Teufel ließ sich rückwärts zu sitzen herunter, wobei sich sein Sitzstück unterschiedlich in den Stein abdrückte. Da fuhr ein furchtbarer Gewitterschlag auf den Stein zu, und die Hirtenjungen haben erzählt, es sei gewesen, als wenn etwas zerschlagen worden, auch hätten sie noch andern Tags schwarze Flecken an der bezeichneten Stelle gefunden, wie wenn ein Fass Teer umgegossen worden.

Jetzt sollen die Zeichen auf dem Steine bis auf die Stiefel- und Ochsenfußspur schon verwachsen sein.

82. Der heilige Sonntag.

Ebenso finden sich viele Steine, in welche Menschen verwandelt sind, die den heiligen Sonntag mit Werktagsarbeit zu beflecken wagten.

1. Auf einem zu Woidieten gehörigen Felde lag ein Stein in der Gestalt einer gebückten Frau, die an der Seite ein Bund Schlüssel und um den Leib Flachs gewickelt hatte. Man erzählt: Als alle übrigen Hausgenossen zur Kirche eilten, blieb sie allein zurück, hängte sich das Schlüsselbund an und wickelte Flachs um den Leib, ihn auszuspreiten. Als sie sich aber zur Arbeit bückte, verwünschten sie die Kirchengänger, indem sie sprachen: »So gekrümmt magst du zum Steine werden!« Der Fluch ward erfüllt.

Jetzt ist der Stein zersprengt worden.

2. Bei Kobjeiten nach Polennen zu lag ein zweiter Stein derselben Art. Dort ging nämlich eine Schänkerin Sonntags Flachs ziehen. Auf dem Wege begegnete ihr eine alte Kirchengängerin und fragte sie, ob sie nicht auch zur Kirche kommen werde. Die Schänkerin antwortete, dass nachmittags Kruggäste kämen und sie also den Flachs notwendig am Vormittage ziehen müsse. »Ei dass du zum Steine würdest!« fluchte die alte Frau, ging zur Kirche, und als sie nach geschlossener Andacht zurückkehrte, stand die Schänkerin schon versteinert.

Diesen Stein haben noch lebende Leute oft gesehen, er ist zwar schon sehr glatt geworden, aber die gebückte Menschengestalt und an ihr der Flachs ist doch noch wohl zu erkennen gewesen.

83. Die Bierhexen.

1. In einer Brauerei in Königsberg schlug jedes Gebräude um. Der Mälzenbräuer ärgerlich, dachte, es läge am Brauknecht und jagte ihn fort. Es lag aber an einer Katze, die sich, wenn das Gebräude fast vollendet war, auf den Rand des Braukübels setzte und, indem sie tat, als ob sie hineinfallen wollte, rief: »Holle, bolle, bool gefalle!« Diese Worte pflegte sie einige Male zu wiederholen und verschwand dann, ohne dass Jemand enträtseln konnte, woher sie gekommen oder wo sie geblieben; das Bier aber war dann regelmäßig umgeschlagen.

Bald meldete sich ein kluger Brauknecht, der wohl merkte, wie es um die Sache stand, zu dem vakanten Dienste, und versicherte den Brauherrn, dass er ein Sonntagskind sei und den Spuk wohl austreiben wolle. Er sing also mutig sein Werk an, und als die Katze wieder auf den Kübel sprang, und ihren Spruch »Holle, bolle« anfing, ließ er sie gar nicht ausreden, sondern goss ihr gleich einen Schoppen kochendes Bier über den Hals, dass sie verbrüht und jammernd davonschlich.

Das Gebräude war herrlich geraten, aber andern Tags lief das Gerücht durch das ganze Haus, dass die Frau sehr krank sei. Was ihr fehlte, wusste man nicht, denn sie wollte es Niemandem sagen; aber der kluge Brauknecht riet dem Herrn, doch nachzusehen, ob sie nicht verbrüht sei, und entdeckte ihm, als sich dies bestätigte, den schändlichen Unfug. Der Herr zeigte die Sache dem Gerichte an, die Frau ward der Hexerei überführt und verbrannt.

2. In Königsberg führt von der Tuchmacherstraße nach der löbenichtschen Bergstraße hinauf ein schmaler steiler Gang, der den Namen Katzensteig trägt, und man möchte den Grund dieses Namens leicht darin finden, dass wirklich – besonders im Winter–die Turnkunst einer Katze dazu gehört, um ihn zu Yassiren. Der Grund liegt aber tiefer.

In der Oberbergstraße wohnte nämlich eine Frau, welche die Brauerei betrieb und nebenbei – die Hexerei. Sie und ein anderes Weib verwandelten sich alle Nacht in Katzen, gingen mit einem Braukessel den Katzensteig hinunter nach dem Pregel, und gondelten dann in dem Kessel auf dem Wasser herum. Die Wache, welche früher an der Holzbrücke stand, sah dieses sonderbare Schauspiel oft an, und von ihr erfuhr es der Brauknecht der Hexe. Dieser versteckte sich in der Brauerei und sah wirklich, wie die beiden Katzen mit seinem Braukessel abgingen und nach dem Pregel wanderten. Nun erzählte er's diesem und jenem, und das Gerede kam endlich auch zu Ohren der Frau, die darüber sehr böse auf den Brauknecht ward und sich an ihm zu rächen beschloss. Eines Tags nun, als der Knecht gerade am Braukessel steht, kommt eine große Katze, umwindet ihn schmeichelnd, versucht ihn aber dabei in den Kessel zu werfen. Ihm wird ganz bange zu Muth, indes hat er doch noch so viel Fassung, dass er das heilige Kreuz schlägt, die Katze sodann mit beiden Händen ergreift und sie in das siedende Gebräude stürzt. Andern Tags fand man die Brauerin im Kessel liegen, schon ganz verkocht.

84. Müllerinnen als Hexen.

Wie die Brauerinnen, so gaben sich auch die Müllerinnen viel mit dem Hexen ab. Auf einer Mühle bei Königsberg trieben mehrere Hexen in der Gestalt von Katzen ihr Wesen und tobten und lärmten derart, dass die Mühlenknechte in der Nacht nicht zu arbeiten wagten. Endlich beschloss ein beherzter Gesell, diesem Treiben ein Ende zu machen. Als nachts die Katzen wieder erschienen und ihr höllisches Gepolter begannen, ergriff er eine Art und schleuderte sie nach ihnen hin. Er traf so gut, dass einer Katze ein Teil des Vorderfußes abgeschnitten wurde, worauf alle klagend davon liefen. Am andern Morgen fand man statt der Katzenpfote eine Frauenhand mit einem Trauringe und bemerkte, dass die Müllerin das Bett hütete. Diese war nämlich die Katze gewesen und hatte durch den Wurf des Knechts ihre Hand verloren.

Auch unter den Hexen, die den Blomberg besuchten, waren viele Müllerinnen. Eine von ihnen, Namens Romahn, kam fast bei jeder Versammlung zu spät, alsdann die andern zu sagen pflegten: »Nanu sönn wie alle tohoop, man de Meller'-Romahnsche fehlt noch.«

85. Der Werwolf.

1. Gewisse Leute können sich zu bestimmten Zeiten in Wölfe verwandeln und heißen deshalb Werwölfe. Auch in menschlicher Gestalt sind sie daran sehr leicht kenntlich, dass sie gerade zwi-

schen den Schulterblättern ein Wolfszagelchen haben. Verwandeln sie sich, so muss es ihnen doch wohl den Rückgrat hinabgleiten, denn sie sehen alsdann leibhaftig wie Wölfe aus. Ein solcher Werwolf war der W., welcher früher in Rauschen wohnte, dann aber nach Norkitten zog. Die Bauern aus Gr. Kuren sahen mit eigenen Augen, wie er aus dem Gebüsch auf ihre Herde stürzte, einem Schafe nach dem andern in die Kehle biss, alle tötete und zuletzt noch fünf Stück auf dem Buckel fortschleppte.

2. Der Jäger D. aus Warnicken traf im dortigen Forste auf einer Kreuzstätte einst Tag für Tag einen Wolf sitzen, der stets nach ihm die Zähne fletschte. Er legte oft auf ihn an, aber stets versagte das Gewehr. »Bleibe nur ruhig sitzen«, dachte er, »ich will mir eine Kreuzkugel gießen!« Eine solche Kreuzkugel goss er sich auch wirklich, denn er verstand sein Handwerk gut, und ging auf die Stellstätte; der zähnefletschende Wolf saß schon wieder da. Nun rief er den Hirten K. hinzu, legte an, drückte los, paffs, da lag er mausetot, d. h. nicht der Wolf, sondern der alte Schulz H. aus Woidieten. Der Jäger ward arretiert, aber er und der Hirte K. beschworen, dass auf einen Wolf gefeuert sei. Da es nun bekannt war, dass der alte Schulz wirklich ein Werwolf war, und man auch bei Besichtigung seiner Leiche das Zagelchen zwischen den Schultern fand, kam der Jäger wieder los.

3. Ein Bauer ging einst seinen Nachbar besuchen und bemerkte einen äußerst schönen Leibriemen an der Wand hängen. Er nahm ihn herab und passte ihn um. »Ei Gevatter«, sagte der Nachbar, »nehmt euch in Acht, dass ihr nicht in das neunte Loch schnallt, sonst werdet ihr zum Werwolf.« »Ei Gevatter, » entgegnete der Gast, »das muss ich doch probieren, » und somit hatte er auch schon das neunte Loch getroffen und fuhr als Werwolf zum Fenster hinaus. Erst spät kehrte er zurück, da es ihm denn doch gelungen sein muss, den Gurt zu öffnen.

4. Ein Bauer kam mit seiner Frau von der Feldarbeit zu Mittag nach Hause, und nach dem Mittagessen machte sie sich zuerst wieder auf den Weg zur Arbeit. Der Mann war aber ein Werwolf. Kaum hatte seine Frau das Zimmer verlassen, so nahm er seine Wolfsgestalt an, lief ihr nach und zerriss sie unterwegs. Dann ging er, nachdem er wieder die Menschengestalt angenommen hatte, zur

Arbeit, als ob nichts vorgefallen wäre. Bald kamen andere Leute aus dem Dorfe auf das Feld, welche unterwegs den zerrissenen Leichnam der Frau gefunden hatten, und teilten ihm das traurige Ereignis mit. Diese erkannten jedoch sogleich, dass er selbst der Mörder seiner Frau war. Seine Frau hatte nämlich einen roten wollenen Rock angehabt. Als er sie zerriss, waren ihm zwischen den Zähnen Fetzen des Zeuges stecken geblieben, welche jetzt von den Leuten bemerkt wurden. Da er auf diese Weise als Werwolf überführt war, so fackelte man nicht lange mit ihm, sondern schlug ihn ohne Umstände tot, zumal er schon lange Zeit hindurch als Werwolf großen Schaden angerichtet hatte, ohne dass man ihm hatte auf die Spur kommen können.

5. Eine Bauersfrau, die mit ihrem Manne in kinderloser Ehe lebte, kam eines Tages aus der Stadt nach Hause zurück und fand unterwegs ein ganz junges Knäbchen auf der Straße liegen. Sie nahm es mit sich und mit Bewilligung ihres Mannes zog sie es auf. Als der Knabe größer geworden war, ließ sich oft ein Wolf sehen, der um das Haus herumlief, an den verschlossenen Fenstern schnüffelte und durch die Fenster in das Haus zu dringen versuchte. Die Bauersfrau schloss natürlich vor einem solchen ungebetenen Gaste sorgfältig alle Toren und »Fenstern des Hauses zu. Merkwürdig war es, dass ihr Pflegesohn immer nicht zu Hause war, wenn der Wolf erschien, und sie hatte sich schon oft darüber geängstigt; doch hegte sie keinen Argwohn. Eines Mittags jedoch, als man gerade bei Tische saß, verwandelte sich ihr Pflegesohn plötzlich in einen Wolf und zerriss sie. Den Andern, welche jetzt erkannten, dass er ein Werwolf war, gelang es, ihn zu töten.

86. Das Wolfbannen.

In früheren Zeiten verstand man, den Wolf einem aufzubanuen, so dass sich der Unglückliche mit seinen Schafen gar nicht retten und wehren konnte. Geschickte Hirten verstanden aber auch, den Wolf zu zwingen, dass er seine Beute selbst wieder abtragen musste. So sah Jemand, wie der Wolf in eine Herde aus Warnicken stürzte und ein Schaaf fortschleppte. »Seht seht, da läuft der Wolf mit eurem Schaf!« rief der Schauer dem Hirten zu; der aber entgegnete ganz ruhig: »Er wird es schon wiederbringen«, und richtig, des anderen Tages kam der Wolf mit dem Schaf im Maule ganz beschämt angestiegen und gab es unbeschädigt zur Herde ab.

87. Der stille See.

Hart an dem Wege, der von Medenau nach Kragau führt, liegt ein mooriges Gewässer, der stille See genannt. Dunkle Tannen umschatten den einsamen Ort, Vögel und Heeren fliehen ihn und wer in der Geisterstunde vorüber muss, fördert seine Schritte, denn es ist hier nicht geheuer.

Vormals war's anders, als noch die Herberge dort stand; mancher Reisende verweilte in behaglicher Ruhe. Aber es waltete dort eine Krügerin, die mit doppelter Kreide zu schreiben pflegte und dadurch manchen bösen Fluch auf sich zog. So forderte sie auch von einem Schlächter, welcher bei ihr eingekehrt war, eine hohe Zeche. Kein Weigern half ihm; er musste zahlen und ging unter schweren Verwünschungen davon. Erst in Kragau merkte er, dass er seine Handschuhe vergessen habe. Er kehrte sogleich um, aber das ganze Haus war spurlos verschwunden, und dunkles Gewässer flutete an seiner Statt.

Seitdem haust dort die wilde Jagd. Die Schulmeistern in Kragau hat ihr schauriges Getöse oft vernommen, ja sogar die schwarzen Hunde gesehen, welche den flüchtigen Hirschen an ihrem Fenster vorüber nachstürmten.

88. Die Heringe.

In früheren Zeiten kamen die Heringe durch das frische Haff bis in den Pregel nach Königsberg, und gewährten den armen Leuten eine wohlfeile Kost. Einst gab es hier aber auf dem f. g. Lizent einen Soldaten, dem nichts unangenehmer war, als dass er alle Tage Heringe essen sollte. In seiner Wut nahm er einen derselben, hängte ihn auf und schlug auf ihn zu, indem er fluchte: »Ihr infamen Racker, so muss ich euch denn immer fressen!« Seitdem kommen die Heringe nicht mehr her, sondern lassen sich mit Kosten verschreiben.

89. Der Borstenstein bei Neukuren.

Vor grauen Jahren trat ein Bauersohn aus Neukuren bei dem dortigen Schneidermeister in die Lehre und gewann nicht allem dessen Handwerk, sondern auch dessen Tochter lieb. Als er nun auf die Wanderschaft ziehen musste, begleitete ihn das Mädchen noch durch das anmutige Tal, welches von Neukuren nach Tikrehnen führt, bis zu einem ungeheuren Granitblocke. Hier nahmen sie Abschied und schwuren einander Treue, so wahr der Stein nie spalten werde. Nach vollendeten Wanderjahren kam der junge Schneider wieder heim und sein Liebchen, dem er seine Rückkehr gemeldet hatte, empfing ihn an demselben Steine. Er hob die Hand gen Himmel und beschwor seine ungebrochene Treue; als sie aber die Hand zum Schwure erhob, fuhr ein furchtbarer Blitz herab und zerspaltete den festen Granitblock von oben bis unten. Denn sie hatte die gelobte Treue, wie der Schneider auch später erfuhr, nicht gehalten und er nahm daher ein anderes Mädchen zur Frau.

Der geborstene Stein ist noch jetzt zu sehen, und ein beliebter Wallfahrtspunkt der Badegäste.

Vl. Verschiedenes.

90. St. Adalbert.

In der eintönigen Dünengegend, die sich wüstenähnlich zwischen Fischhausen und Pillau erstreckt, erhebt sich bei dem Dörfchen Tenkitten das in kolossaler Majestät emporragende schwarze Kreuz, welches hier zum Andenken des heiligen Adalbert errichtet ist. Am 23ten April 997 soll dieser Apostel der Preußen am nahen Meeresufer ermordet sein; das 26 Fuß hohe, gusseiserne Kreuz stiftete ihm 1831 die polnische Gräfin Wielopolska auf den Fundamenten einer alten Kapelle, die schon seit dem 17ten Jahrhundert der Gewalt der Stürme erlegen ist. Die Sage berichtet, dass diese Adalbertskapelle zur Zeit ihrer Gründung eine Meile vom Seeufer entfernt lag, jetzt beträgt die Entfernung kaum ein Paar hundert Schritte. So bedeutend soll in der Zwischenzeit das Ufer abgespült sein.

Die Trümmer der ehemaligen Kapelle sind jetzt ganz vom angespülten Seesande bedeckt. Was aus der Ruine noch brauchbar war, wurde schon früher nach der Kirche des benachbarten Schlosses Lochstädt übergeführt. Insbesondere befindet sich noch dort der ehemalige Altar der Adalbertskapelle, dessen Türen mit vier Gemälden aus dem Leben des Heiligen geschmückt sind. Die Begegnisse, auf welche sie sich beziehen, sind folgende:

Nur von seinen vertrauten Gefährten Gaudentius und Benedict begleitet war Adalbert in der Nähe der Pregelmündung gelandet und hatte an verschiedenen Orten versucht, das Christentum zu predigen. Doch tätliche Misshandlungen und Todesdrohungen waren sein Lohn gewesen, und nur durch schleunige Flucht hatte er sein Leben retten können. Er war nun an der südwestlichen Küste Samlands gelandet, hatte in einem Dorfe fünf Tage verweilt, und überlegte mit seinen Gefährten, ob es nicht besser sei, dies hartnäckige Volk wieder zu verlassen. Mittlerweile offenbarte sich Adalberts nahes Schicksal seinem treuen Gaudentius durch einen Traum. Dieser sah nämlich einen goldenen Kelch halb voll Wein auf einem Altare. Da er aber den Wein kosten wollte, trat ihm ein Altardiener entgegen, und verwehrte ihm mit Ernst, den Kelch zu berühren; denn der Kelch, sei am nächsten Tage für Adalbert gefüllt. Bei diesen Worten erwachte Gaudentius aus dem Schlafe, und zitternd erzählte er Adalberten das Traumgesicht, da rief dieser ihm zu: »Füge es Gott, mein Sohn, dass deine Ahnung in Erfüllung gehe! doch soll man dem trügerischen Traume nicht trauen.« Am nächsten Tage wanderten sie unter Gesang und Gebet weiter und gelangten durch eine wilde Waldgegend auf ein angebautes Feld, wo sie sich zur Ruhe hinlegten. Doch ihre Ruhestätte war heiliges Land, dessen Betreten für jeden Ungeweihten bei Todesstrafe verboten war. Mit wildem Geschrei stürmte bald ein Haufe Heiden herbei und fesselte sie. Da gedachte Adalbert jenes Traumes, und während er noch seine Gefährten mit' den Worten tröstete: Was ist erhabener als für Christus das Leben hinzugeben!« stürzte plötzlich aus dem ergrimmten Haufen ein Siggo, ein Priester, hervor und stieß ihm mit aller Kraft einen starken Wurfspieß durch die Brust. Nun stürzten auch die Übrigen herbei und kühlten ihren Zorn in Adalberts Blut. Bon sieben Lanzen wird er durchbohrt, und die Arme ausbreitend und für seine Mörder bei Gott um Gnade

flehend, stürzt er in Form eines Kreuzes zu Boden und gibt den frommen Geist auf. Selbst über den entseelten Körper fielen die Wütenden her, trennten die Glieder und das Haupt vom Körper, steckten das letztere auf einen Pfahl und ließen den Leichnam auf der Erde liegen. Als Herzog Boleslaw von Polen das unglückliche Schicksal des Märtyrers erfahren, beschloss er, die vergängliche Hülle des entseelten Freundes um jeden Preis von den Preußen zu erkaufen. Da verlangten sie soviel an Silber, als der Körper schwer sei. Auf diese Bedingung ging der Herzog ein.

Die Sage erzählt nun, dass der Körper des Märtyrers, als man ihn wog, überaus leicht gefunden wurde, nicht einmal ein Pfund schwer.

Eine andere Sage berichtet, dem Heiligen sei nur das Haupt abgeschlagen, der andere Körper nicht verstümmelt worden. Da sei denn der Leichnam aufgestanden, habe sein abgeschlagenes Haupt in beide Hände genommen und es so vor sich her getragen bis zu der Kapelle wo er gewöhnlich das Hochamt zu verrichten pflegte. (Er war Erzbischof von Prag, die Legende macht ihn zum Erzbischof von Gnesen.) Als er dort vor dem Altare niedergesunken sei, habe sich ein Altarstein losgelöst und zur Erweisung der letzten Ehre als Grabesdeckel über ihn gelegt.

91. Der Kösnicker Trompeter.

Ein Mann, in Kösnicken bei Pobethen geboren, diente zur Zeit der Schwedenkriege im Preußischen Heere und ward von den Schweden gefangen über Meer geführt. Jm Feindeslande erwarb er sich bald Vertrauen, man gestattete ihm viele Freiheiten und erlaubte ihm sogar auszureiten. Die Sehnsucht nach seinem Vaterlande war bei ihm übergroß. Deshalb setzte er sich einst auf sein treues Ross, nahm seinen Säbel und seine Trompete zur Hand und ritt in die Ostsee auf eine Eisscholle, die sich mit ihm lostrennte und ihn wohlbehalten bei Rantau (eine starke Meile von Pobethen) an den Strand brachte, während er das erbauliche Lied: Herr Jesu Christ mein Lebenslicht blies.

Er lebte in seiner Heimat noch vier ganzer Wochen und starb dann, aber noch wird seine Trompete und sein Säbel in der Kirche von Pobethen aufbewahrt. In der Kirchenregistratur soll sich nur eine neuere Verfügung vorfinden, in welcher die sorgsame Aufhebung des Säbels und der Trompete anbefohlen wird.

92. Die Pest in Stigehnen.

Als im Jahre 1709 die unser Vaterland verwüstende Pest fast keinen Ort dieser Gegend verschonte, war das Dorf Stigehnen im Samlande eines von denen, welches mit am schwersten heimgesucht wurde. Es waren in demselben alle Bewohner mit Ausnahme eines einzigen Knaben von 12 Jahren erkrankt. Die umherliegenden Ortschaften mieden aus Furcht vor der Ansteckung jede Gemeinschaft mit diesem Dorfe, konnten sich aber aus Mitgefühl doch auch so von leidenden Mitbrüdern nicht zurückziehen, dass sie dieselben sich selbst und ihrem harten Schicksale überließen. Sie riefen daher dem gesunden Knaben zu, er möge an der Grenze des Dorfes so viele Steine alle Tage niederlegen, als Lebende sich noch im Dorfe befänden, sie würden dann für sie Nahrungsmittel an denselben Ort bringen, die er dann abholen könnte, wenn sie sich entfernt hätten. Das geschah. Die Umwohner jenes unglücklichen Dorfes fanden 9 Steine liegen und brachten für die 9 Leidenden hinlängliche Nahrungsmittel. Am folgenden Tage fanden sich nur 7 Steine an dem bezeichneten Orte, und nach wenigen Tagen war nur noch ein Stein da, welchen der unglückliche Knabe für sich hinlegte. Er überlebte, von der Seuche verschont, sämtliche Bewohner des Dorfes Stigehnen allein.

93. Der Schlittschuhläufer.

Vor alten Jahren lief ein junger Mann aus Königsberg auf dem Pregel nach der Kosse Schlittschuh. Die Fischer pflegen nun Winters längs dem Damme, welcher von Königsberg nach Holstein den Pregel rechts einfasst, Löcher in das Eis zu schlagen, damit die Fische Luft haben. In eine solche Wuhne siel der Schlittschuhläufer. Er hatte einen so starken Ansatz genommen, dass das Eis ihm nicht allein den Hals abschnitt, sondern der Kopf über, der Rumpf unter dem Eise fortliefen, bis sie in einer anderen Wuhne wieder auf einander trafen und zusammenfroren. Der Schlittschuhläufer stieg nun aus dem Wasser, und da er die Kosse vor sich sah, ging er in das dortige Gasthaus. Er setzte sich an den Ofen, trank eine Portion Tee und sprach mit den übrigen Gästen. Indes wollte es der Zufall, dass ihm eine Prise Tabak angeboten wurde, und beim Niesen fiel ihm der schon wieder abgetrennte Kopf vom Rumpfe.

94. Lokalspötterei.

1) Die Königsberger heißen bald Glomsnickels, bald Sperlingsschlucker. Der erstere Beiname wird von ihrer Liebhaberei für Schwand und Glumse (Sahne und geronnene Milch), der letztere von einem Missgeschick des s. g. Altstädtischen Jappers hergeleitet. Dieser am Altstädtischen Rathhause (jetzigen Stadtgerichte) angebrachte, früher mit einer Krone gezierte Kopf bezeichnete jeden Stundenschlag durch Auf- und Zuklappen des weiten Rachens, bis ihm einmal ein Sperling hinein flog und den Mechanismus verdarb.

2) Die Einwohner Fischhausens heißen Gildekniper als Zunftfischer, vielleicht weil man den Namen des Städtchens statt von Bischof unrichtig von Fisch herleitete. Außerdem nennt man sie auch Barensteeker (Bärenstecher) und Möckeprötscher (Mückenspritzer). Einmal nämlich, so erzählt man, wurde plötzlich Feuerlärm geschlagen, weil der Kirchturm brenne und in der Tat wirbelten um ihn dicke Rauchwolken genug. Die Bürger zogen also rüstig mit den Waschgeräten an, spritzten was Zeug hielt, und der Rauch verzog sich auch; er bestand aber aus nichts als Schwärmen der s. g.

Haffmücken. Ein anderes Mal verbreitete sich das Gerücht, dass vor der Stadt ein grimmiger Bär laure. Die Bürger zogen sogleich heldenmütig zur Jagd aus, fanden aber unter dem bezeichneten Buschwerk nur einen, wohl der Tiergestalt ähnlichen – Baumstumpf.

3) In dem Kruge des Kirchdorfs Kumehnen darf man, wenn man mit einem Freunde gezecht und lange genug gezecht hat, doch nie sagen: Nanu drink onn nömm de Hanschkes! Denn solche aufregenden Redensarten werden von den dortigen Kruggästen übel vermerkt uns vergolten.

4) In dem Dorfe Lawsken wurden die Fische früher immer nur auf einer Seite gebraten – d. h. auf einer Seite der Dorfstraße, denn auf der andern standen keine Häuser.

95. Müller Pelz.

Ass öck noch bie'm Meller Pölz deend' – det wär ee Keerlke, hadd ook a deege Büdel mött Göld! – warrt hei eemal nah Kengsbarg reise, seine goode Fründ beseeke. Onn wie hei kömmt nah Kengsbarg, hebbe se ee Tuun vaargetage onn maake dett Steenplaster torecht. Da schriee se emm tau: hei sull da nich riede! Awrscht bei göfft seinem Bruune ee Schmeet mött de Hacke, sett öwer dem Tuun onn galloppeert önn de Löwenichsche Langgass. Da bingt se sein Peerd an de grote Druckerdeer onn geit seine goode Fründ beseeke. Die warre emm nu, wat Schönet se weete onn kunne, varwiese onn gahne mött emm toletzt ook önn't Komediespeel. Ass se rönn kame, da sötte schon alle Bänk onn Stöhl vull Manns- und Fruuenslüd. He also titt sein Mötz aff onn secht: Na good Nawend allersiets! Da lacht de ganze Ruum luut opp, onn he argerd söck. Awrsch damött wär noch nich genog. Denn ass nu dett Komedjespeel losgeiht, da käme Kerdels geloope onn wulle ennem Mann möt Gewalt terspöcke. Da wurd mien Meller Pölz uuter söck. »Wat si juh hier – schreeg he – Lüd' awer Mördersch? Alle Manns staat bi, helpt, rett! Laat dem arme Düwel nich terspöcke! packt – –« da packte se dem Meller Pölz sölwst onn schmeete emm ruut.

Die damalige Hartungsche Hofbuchdruckerei hatte eine mächtige Freitreppe mit eisernem Geländer, an welches Pelz seinen Kunter wohl anbinden konnte.

96. Der Bauer und der Pfarrer.

1. Ein Bauer besucht seinen Pfarrherrn, der ihm als Leckerbissen ein Stückchen delikaten Käses vorsetzt. Der Bauer lässt es sich schmecken, als ob's grob Brod wäre, und der Pfarrer sieht mit Angst, wie sein Schatz verschwindet.

Pfarrer: Mein Freund, das ist Schweizerkäse!

Bauer: Davor eet öck emm ook.

Pfarrer: Mein Freund, der Käse kostet zwei Gulden das Pfund!

Bauer: Datt öss he ook Werth.

Pfarrer: Und dies Stückchen ist mein letzter Rest!

Bauer: Oeck kam ook just uut.

2. Bauer: Herr Pfarr, mien Sähn waard steedere lehre

Pfarrer: Nun hat er auch Kopfs genug zu begreifen, was er soll?

Bauer: Datt ward gemeent sin, Herr Pfarr. He begröppt sehr goot, on wat he höllt, datt höllt hei. On nee Kopp hefft he, de öss so groot, ass min'm gröötste Ploogosse siner. Onn watt he sull dat dheit he ook.

97. Vom Hans.

1. »Hans, stah opp, de Hömmelke gruut!«

Laat emm man gruue, hei öss ool genog.

»Hans, stah opp, de Vagelkes singe!«

Latt se man singe, se hebbe kleene Keppkes onn bool uutge-schlape.

»Hans, stah opp, de Moos öss gar!«

Wo öss mien Leepel vom halwe Scheepel!

2. »Hans, spann an, haal dem Dokter, de Motter hefft de Koolke!«

Na, last se man hebbe.

»Hans, spann an, de Motter wöll starwe!«

Na, se wart doch nich.

»Hans, spann geschwing an, de Motter öss all dood!«

Schlach, denn mott öck doch man anspanne.

3. »Hans, wo hest dett Fölle?«

Vader, de Wulf hefft emm gebeete.

»Na, hefft he emm denn sehr gebeete?«

I nei, sehr nich; Kopp onn Tagel sönn noch da.

»Na, deedst du emm denn nuscht?«

Na ja, öck schreech watt ök kunn: Föllefreeter, Grootmuul, Halsschlunk! Da schämd' se söck wie ee Hund onn leep nah'm Wool, watt hei kunn.

4. »Öff hier goot Schaap heede?«

Na meen ju denn schlecht?

»Na, kömmt ook de Wulf?«

Na meen juh, he wart gahne?

»Na nömmt he ook ee Schaap?«

Na meen juh, he wart eent bringe?

»Na loop juh emm ook nah?«

Na, meen juh veran?

5. »Ah Vader, Gansbrade schmeckt eemal schön!«

Ne mien Hans, wa hast emm gegeete?

»I, öck nich, man Schulte Hans, de hefft tosehne eete!«

98. Sorgen ohne Roth.

Ein Holzhauer hatte eine Tochter, die eines Tages gar freundlich in die Stube trat und sagte: Vader, Schulte Hans friet na mi! – »Na, Merjell, seed hei denn watt?« I nei, hei ging mi man verbi onn hadd mi bool gegröst. Abends zapfte sie Tafelbier und brach plötzlich in bittere Tränen aus:

»Watt schaat di Merjell?« –
Oeck tapp so onn schenk,

Oeck sött so onn denk:
Wenn de im so kam
Onn mi nahm,
Onn öck ee Kind kreeg',
Onn dett Kind önn de Weeg lüg',
Onn de Vader na Huus kam',
Onn de Ax nahm',
Onn de Ax an de Balke hing,
Onn de Nagel entwei ging
Onn de Ax runner full
On nopp dett Kind full
On nett doot schlög' –
Watt wär datt för ee schrecklichet Onnglöck!

99. Genaue Beschreibung.

1. I, kennst du dem nich eemal? – Sien Bader war je ee langet dröget Wies, onn siene Motter heet Matthes!

2. Na weetzt nich, wa dei wahnt? – Verre Dör steit je ee iserner Beerboom, dicht am ledderne Ecksteen; de Dör off möttem Dittkebrod togestöckselt, hängt ook ee Sackke mött Schemper (Tafelbier) vran; derbie huckt ee ool Wies onn haspelt Not – da kannst du garnich örre!

100. Tiersprache.

1. Der Hahn ruft: Soldaate kame, Soldaate kame! Wenn er die Henne eben getreten hat, schreit er:

Hatt er nuscht geschaat!

2. Sieht der Hahn von der Höhe des Zaunes auf einen Enterich herab, der eben mit der Henne liebelt, so ruft er ihm spöttisch zu:

Watt warrt vatt warre, warrt voch keen Kikelke nich?

Der Erpel antwortet kalt:

Warrt watt warrt!

3. Ein Platzregen überschwemmt den Hof. Der Hahn flüchtet sich auf den Zaun und schreit: O groote Roth! Die Enten aber paddeln lustig im Wasser herum und entgegnen: Datt is goot, vatt is goot!

4. Ein Bock, ein Hahn und eine Ente fuhren einmal über Wasser; der Kahn schaukelte stark. Gott erbarm söck! meckerte der Bock.

Ett sitt trurig uut! seufzte der Hahn, die wasserkundige Ente aber belehrte sie: Laat gähne, geit goot! Laat gahne, zeit goot!

5. Wenn die Gänse auf die erwünschte Stoppelweide kommen, rufen die einen, indem sie wählerisch mit den Schnäbeln herumfahren: Nimm du dies, nimm du das! und die andern:

> Ah, das schmeckt schön!

6. Wenn eine Krähe Fleisch findet, krächzt sie: Kwi datt, Kwi datt! Die andere fragt:

> Wo va? Wo da?

Jene antwortet:

> Underm Barg, underm Barg!
> Weeß en Aas!
> Wu laets? Wu laets?
> Hingern Bark.
> Wacker fett? Wacker fett?

7. Der Schwalbenspruch lautet:

> Ass öck wegtoch, ass öck wegtoch,
> Leet öck Schien onn Schopps voll;
> Ass öck wedderkäm, ass öck wedderkäm,
> Uutgefrete, freet, datt du di wargst.

8. Die Wachtel, welche vor Johanni ihre Nahrung im Getreide sucht, erklärt dies offen:

> Flick ferr fick!

9. Der Spruch des Grafsers (auch Scharpvogel oder Wachtelkönig genannt) mahnt an das Getreidehauen:

Scharp, scharp!
Hau sacht!
Lange Daag, korte Nacht,
Datt du nich warscht vermöde.

10. Der Lerchenspruch ist:

Driew, Jungke, driew!
Hast ee goode Weerth, denn bliew.
Hä'st ee schlömme Weerth, häng Sadel, Toom
Am Boom,
Teh weck, weck, weck!

oder nach anderer Auslegung:

Driew, Peterke, driew, driew, driew! Häst ee goode
Weerth, so bliew, bliew, bliew!
Höst ee schlechte Weerth, so driew wiet weg, wiet weg,
weg, weg, weg!

11. Der Goldammer ruft:

Edel, evl, edl bin ick!

12. Der Kiebitz schreit:

Kiwitt! Wo bliew öck?

13. Der Fink bittet:

Madchen, gieb mir Wein her!

14. Dagegen schreit der Pirol oder Bülow: Bier hol! Bier hol! oder auch: Herr vonBülow!

wovon er auch den Namen haben soll. Andere meinen, er rufe:

Hast gekauft, bezahl's auch!

15. Die Rohrdo mmel ruft:

Oeck versuup, öck versuup!

16. Der zärtliche Täuber girrt:

Trutste Fru! trutste Fru!

17. Das Perlhuhn spottet: Pie, pie, pie, tak, tak, tak,

Zehn Schneider machen ein Jack, Jack, Jack.

18. Der Zeisig macht sich über die Bauern in höchst unflätiger Weise lustig, und die Anführung des Rates, den die Nachtigall in ihrem zärtlichen Gesange gibt, würde sämtlichen Leserinnen die ästhetische Freude an demselben für alle Zeit verderben.

19. Die Frösche unterhalten sich gern über wirtschaftliche Angelegenheiten. Bedächtig fragt der eine: G'vad'rsch, G'vad'rsch, wann warr juh back? wann warr juh back? Die Gevattern antworten: Moj'n, moj'n, moj'n! (morgen), und er entschließt sich, dasselbe zu thun: Denn back öck ook! oder: Back ook öck e Kuuk! (backe ich auch einen Kuchen.)

20. Wenn die Schafe bei Winters Abgang auf das Feld getrieben werden, sieht sich wohl eins bedenklich um und fragt:

Warri ook Gras wasse? Warrt ook Gras wasse?
Muthig antwortet ein Lämmchön:
Warrt schon wasse! Warrt schon wasse!
Aber ein altes Schaf meint zweifelnd:
Werr'n wer's ook erleewe?

21. Die Kuh tritt zum Bullen heran und fragt: Wie geit's, wie geit's? Er antwortet: Nich öwel, nich öwel!

22. Dennoch scheint der Bull nicht ganz mit seiner Stellung zufrieden zu sein; denn dem Ziegenbocke macht er den Vorschlag:

Wöll wi duusche, wöll wi duufche? (Wollen wir tauschen?) Der Ziegenbock aber meckert dagegen: Nömmermehr, nömmermehr!

23. Ein Schuster ging über Feld und begegnete einer Viehheerde, welcher der Bulle verdrießlich voranzog, indem er unter den Bart brummte: Lömmel, Lömmel, Lömmel! Der Schuster nahm das übel und schrie endlich: »Wer ist hier sein Lümmel?« Der Bulle antwortete: Dei Schuuster! dei Schuuster!

101. Königsberger Glockensprache.

Die Glocke der Schloßkirche tönt hochdeutsch und vornehm:

> Samt und Seide, Samt und Seide!
> Ebenso die des kneiphöfischen Doms:
> Gold und Silber, Gold und Silber!
> Die Hospitalsglocke spricht zwar noch hochdeutsch,
> aber sehr demütig:
> Koddern und Plundern!
> Die Haberberger Kirchenglocke endlich versteht sich
> nur auf platt:
> Geelmöhre onn Peterzöllge!

Die Anspielung der Glockenstimmen auf den Glanz des in der Altstadt gelegenen königlichen Schlosses, auf den Reichtum der Kaufmannschaft, deren Hauptsitz der Kneiphof ist, auf die Armut der Hospitaliten und den Gemüsebau des zum Haberberge gehörigen s. g. nassen Gartens leuchtet ein.

Ähnliche Anspielungen enthält der bekannte Stadtreim:

> Altstadt die Macht,
> Kneiphof die Pracht,
> Im Löbenicht der Acker,
> Auf dem Sackheim der Racker.
> Hier ist nämlich die Abdeckerei ausgebaut.

102. Klang der Werkzeuge u. s. w.

1. Schuster: Käs' un Brot das mag ich, Motter göff mi Worscht!

Schneider: Wenn ich's hätt! Wenn ich's hätt!

Tischler: Nimm's hin, nimm's hin! over:voar hast, voar höst!

Weber: Schmiet mi to, schmiet mi to!

Schmied: Freet den Doot, den Düwel dran!

2. War ver Müller ein Betrüger und ließ die Mühle an, so fragte sie erst langsam:

Wer ist da, wer ist da? Dann antwortete sie schnell:

Der Müller! der Müller! und bemerkte endlich ganz geschwind: Stiehlt tapfer, stiehlt tapfer, vom Achtel drei Sechstel.

3. Oder die Mühle sprach anfangs, wenn das Rad noch ganz langsam ging:

Es ist – ein Dieb – in der Mühl! und fragte dann in schnellerer Bewegung:

Wer ist er? – wer ist er? – wer ist er? und antwortete zuletzt ganz schnell und ohne Aufhören: de Meller, de Meiler, de Meller! Ganz ebenso bei Meier D. Kinderr. Nr. 142.

4. Oder die Mühle wiederholt, so lange sie geht folgende Verse:

De Meller, de Meller, de Deef, de Deef (de Korendeef),
De grote Säck, de hefft he leef,
De Nene lett he lope,
He darf sin Brot nich kope.

Über tredition

Eigenes Buch veröffentlichen

tredition wurde 2006 in Hamburg gegründet und hat seither mehrere tausend Buchtitel veröffentlicht. Autoren veröffentlichen in wenigen leichten Schritten gedruckte Bücher, e-Books und audio-Books. tredition hat das Ziel, die beste und fairste Veröffentlichungsmöglichkeit für Autoren zu bieten.

tredition wurde mit der Erkenntnis gegründet, dass nur etwa jedes 200. bei Verlagen eingereichte Manuskript veröffentlicht wird. Dabei hat jedes Buch seinen Markt, also seine Leser. tredition sorgt dafür, dass für jedes Buch die Leserschaft auch erreicht wird.

Im einzigartigen Literatur-Netzwerk von tredition bieten zahlreiche Literatur-Partner (das sind Lektoren, Übersetzer, Hörbuchsprecher und Illustratoren) ihre Dienstleistung an, um Manuskripte zu verbessern oder die Vielfalt zu erhöhen. Autoren vereinbaren direkt mit den Literatur-Partnern die Konditionen ihrer Zusammenarbeit und partizipieren gemeinsam am Erfolg des Buches.

Das gesamte Verlagsprogramm von tredition ist bei allen stationären Buchhandlungen und Online-Buchhändlern wie z. B. Amazon erhältlich. e-Books stehen bei den führenden Online-Portalen (z. B. iBookstore von Apple oder Kindle von Amazon) zum Verkauf.

Einfach leicht ein Buch veröffentlichen: **www.tredition.de**

Eigene Buchreihe oder eigenen Verlag gründen

Seit 2009 bietet tredition sein Verlagskonzept auch als sogenanntes "White-Label" an. Das bedeutet, dass andere Unternehmen, Institutionen und Personen risikofrei und unkompliziert selbst zum Herausgeber von Büchern und Buchreihen unter eigener Marke werden können. tredition übernimmt dabei das komplette Herstellungs- und Distributionsrisiko.

Zahlreiche Zeitschriften-, Zeitungs- und Buchverlage, Universitäten, Forschungseinrichtungen u.v.m. nutzen diese Dienstleistung von tredition, um unter eigener Marke ohne Risiko Bücher zu verlegen.

Alle Informationen im Internet: **www.tredition.de/fuer-verlage**

tredition wurde mit mehreren Innovationspreisen ausgezeichnet, u. a. mit dem Webfuture Award und dem Innovationspreis der Buch Digitale.

tredition ist Mitglied im Börsenverein des Deutschen Buchhandels.

Dieses Werk elektronisch lesen

Dieses Werk ist Teil der Gutenberg-DE Edition DVD. Diese enthält das komplette Archiv des Projekt Gutenberg-DE. Die DVD ist im Internet erhältlich auf **http://gutenbergshop.abc.de**

Zeitfracht Medien GmbH
Ferdinand-Jühlke-Straße 7
99095 Erfurt, Deutschland
produktsicherheit@kolibri360.de